Wilkie Collins
Mad Monktons Geist

Erzählung

Aus dem Englischen
von V. C. Harksen

Fischer
Taschenbuch
Verlag

Lektorat: Ingrid-Maria Gelhausen

Deutsche Erstausgabe
Veröffentlicht im Fischer Taschenbuch Verlag GmbH,
Frankfurt am Main, September 1986
Titel des englischen Originals: ›Mad Monkton‹

Umschlaggestaltung: Rambow, Lienemeyer, van de Sand
Gesamtherstellung: Clausen & Bosse, Leck
Printed in Germany
680-ISBN-3-596-28185-7

1. Kapitel

Den Monktons von Wincot Abbey haftete in unserer Grafschaft der traurige Ruf ungeselligen Wesens an. Niemals betraten sie das Haus anderer Leute und empfingen mit Ausnahme meines Vaters und einer in ihrer Nachbarschaft wohnenden Dame und deren Tochter auch keinen Menschen unter ihrem eigenen Dach.

Gewiß waren sie alle stolz, aber nicht Stolz, sondern Furcht war es, die sie auf diese Art von ihren Nachbarn fernhielt. Seit vielen Generationen lag auf der Familie der schreckliche Fluch des Wahnsinns, und die Angehörigen des Hauses scheuten sich, ihr Unglück vor anderen zu offenbaren, was jedoch unweigerlich der Fall gewesen wäre, hätten sie mit der geschäftigen kleinen Welt, die sie umgab, Umgang gehabt. So existiert die grauenhafte Geschichte eines Verbrechens, das in längstverschollenen Zeiten von zweien der Monktons, engen Verwandten, verübt worden und bei dem, so glaubte man, der Wahnsinn zum ersten Mal in Erscheinung getreten sein soll. Aber es macht wenig Sinn, andere Menschen durch eine Schilderung dieses Vorfalls zu erschrecken. Es genügt zu wissen, daß in gewissen Abständen fast jede Form von geistiger Verwirrung in der Familie auftrat; wobei sich das Leiden zumeist in Gestalt der Monomanie oder fixen Idee darstellte. Diese und einige andere Einzelheiten, von denen noch zu berichten sein wird, erfuhr ich von meinem Vater.

In meiner Jugendzeit lebten in der alten Abtei nur noch drei der Monktons: Mr. und Mrs. Monkton und ihr einziges Kind, Alfred, der Erbe des Besitzes. Das einzige weitere Glied dieses – des älteren – Zweiges der Familie, das damals noch unter den Lebenden weilte, war Mr. Monktons jüngerer Bruder Stephen. Er war unverheiratet und Eigentümer eines schönen Landgutes in Schottland; jedoch hielt er sich fast ständig auf dem Kontinent auf. Ihm ging der Ruf eines schamlosen Wüstlings nach. Die Familie in Wincot stand mit ihm fast ebensowenig in Verbindung wie mit ihren Nachbarn.

Wie schon erwähnt, waren mein Vater sowie eine Dame mit ihrer Tochter die einzigen Personen, die das Vorrecht genossen, in Wincot Abbey Einlaß zu finden.

Mein Vater war ein alter Schul- und Studienfreund von Mr. Monkton gewesen, und das Spiel des Zufalls hatte die beiden im späteren Leben so häufig wieder miteinander in Berührung gebracht, daß die Fortführung ihrer engen Freundschaft in Wincot etwas völlig Naheliegendes war. Über die Umstände, aufgrund derer Mrs. Elmslie (die Dame, von der ich gesprochen habe) auf so freundschaftlichem Fuße mit den Monktons stand, vermag ich weniger genau Auskunft zu geben. Ihr verstorbener Gatte war mit Mrs. Monkton entfernt verwandt gewesen; mein eigener Vater war der Vormund ihrer Tochter. Aber mir selbst schien der hierin gegründete Anspruch auf Freundschaft und Anteilnahme nie gewichtig genug, um das nahe Verhältnis zwischen Mrs. Elmslie und den Bewohnern der Abtei zu erklären. Dennoch war die Beziehung ohne Zweifel eine enge, und ein Ergebnis des ständigen Austauschs von Besuchen zwischen den beiden Familien stellte sich nach Verlauf einiger Zeit von selbst ein: Mr. Monktons Sohn und Mrs. Elmslies Tochter faßten eine Neigung zueinander.

Ich hatte wenig Gelegenheit, die Bekanntschaft der jungen Dame zu machen und erinnere mich ihrer aus dieser Zeit nur als eines zarten, sanften, liebenswürdigen Mädchens – äußerlich und anscheinend auch im Wesen das genaue Gegenteil von Alfred Monkton. Aber vielleicht war gerade das einer der Gründe, weshalb die beiden einander liebgewannen. Ihre Zuneigung wurde bald bemerkt und von den beiderseitigen Eltern keineswegs ungern gesehen. In allen wichtigen Punkten, vom Reichtum einmal abgesehen, standen die Elsmlies den Monktons kaum nach; und daß es der Braut an Geld mangelte, bedeutete für den Erben von Wincot kein Hindernis. Jedermann wußte, daß Alfred beim Tode seines Vaters ein Erbe antreten würde, das ihm dreißigtausend Pfund im Jahre eintrug.

Wenn auch die Eltern die jungen Leute nicht für reif genug hielten, sich alsbald miteinander trauen zu lassen, so sahen sie doch nichts, was gegen eine Verlobung von Ada und Alfred gesprochen hätte, in der stillschweigenden Übereinkunft, daß die beiden heiraten sollten, wenn der junge Monkton mündig sein würde, nämlich in zwei Jahren. Nächst den Eltern war derjenige, der in dieser Angelegenheit zu Rate gezogen werden mußte, mein Vater in seiner Eigenschaft als Adas Vormund. Er wußte, daß sich das Familienübel vor vielen Jahren bei Mrs. Monkton gezeigt hatte, die die Cousine ihres Gatten war. Die *Krankheit*, wie man es bedeutungsvoll umschrieb, war durch eine sorgfältige Behandlung gelindert und dem Vernehmen nach zur Gänze geheilt worden. Aber mein Vater ließ sich nicht täuschen. Er wußte, wo der Erbfehler noch immer lauerte; und mit Grauen erfaßte er die bloße Möglichkeit, daß dieser eines Tages in den Kindern der einzigen Tochter seines verstorbenen Freundes Elmslie erneut zu Tage treten könnte; und mit Entschiedenheit verweigerte er der Verlobung seine Zustimmung.

Dies hatte zur Folge, daß die Tore der Abtei und die Türen von Mrs. Elmslies Haus ihm von nun an verschlossen blieben. Allerdings währte dieser Abbruch des freundschaftlichen Verkehrs erst kurze Zeit, als Mrs. Monkton starb. Ihr Gatte, der mit Zärtlichkeit an ihr gehangen hatte, wurde bei dem Begräbnis von einer heftigen Erkältung befallen. Man schenkte der Erkrankung zu wenig Beachtung, bis sie schließlich die Lunge angriff. Wenige Monate später folgte er seiner Frau ins Grab, und Alfred blieb als Herr der großen alten Abtei und der reichen Ländereien, die sie umgaben, zurück.

In dieser Zeit besaß Mrs. Elmslie die Taktlosigkeit, einen zweiten Versuch zu unternehmen, um von meinem Vater die Einwilligung zu der Verlobung zu erlangen. Er lehnte wiederum ab, noch entschiedener als zuvor. So verging mehr als ein Jahr. Im Fluge näherte sich der Tag, an dem Alfred mündig werden sollte. Just damals kam auch ich von der Universität nach Hause, um die großen Ferien dort zu verleben. Ich unternahm einige Vorstöße, meine Bekanntschaft mit dem jungen Monkton zu vertiefen. Man wich diesen Versuchen aus – unzweifelhaft mit vollendeter Höflichkeit, aber doch so, daß ich mich gehindert sah, ein zweites Mal meine Freundschaft anzubieten. Selbst wenn mich unter gewöhnlichen Umständen diese kleinliche Zurückweisung verärgert hätte, so ließ mich ein wirkliches Unglück, das unsere Familie zur selben Zeit heimsuchte, doch an ganz andere Dinge denken. Schon seit einigen Monaten hatte mein Vater angefangen zu kränkeln und gerade in den Tagen, von denen ich soeben schreibe, mußten seine Söhne das durch nichts auf der Welt wieder gutzumachende Verhängnis seines Todes beklagen.

Bedingt durch einen Formfehler oder Irrtum im Testament des verstorbenen Mr. Elmslie geriet durch dieses Ereignis die Entscheidung über Adas zukünftiges Leben in vollem Umfang in die Verfügungsmacht ihrer Mutter. Als Folge hiervon ward sogleich das Verlöbnis bestätigt, zu dem mein

Vater seine Billigung so standhaft verweigert hatte. Als die Tatsache in der Öffentlichkeit bekanntgegeben worden war, wagten es einige von Mrs. Elmslies engeren Freundinnen, denen die Gerüchte über die Familie Monkton bekannt waren, in ihre formellen Glückwünsche ein oder zwei bedeutsame Hinweise auf die verstorbene Mrs. Monkton und ein paar eindringliche Fragen über die Anlagen ihres Sohnes einzuflechten.

Mrs. Elmslie begegnete diesen höflichen Andeutungen stets mit einer dreisten Form der Antwort. Sie gestand zunächst zu, daß es derartige Gerüchte, auf deren Inhalt ihre Freundinnen so ungern genauer eingehen wollten, über die Monktons gäbe; es handele sich dabei jedoch um schändliche Verleumdungen. Der Erbfehler sei in der Familie bereits vor Generationen erloschen. Alfred sei der beste, freundlichste und vernünftigste aller Menschen. Er liebe die Studien und das zurückgezogene Leben; Ada teile seine Neigungen und habe ohne fremden Einfluß ihre Wahl getroffen; weitere Andeutungen dritter Personen, Ada könne zum Opfer dieser Heirat werden, müsse ihre Mutter als persönliche Beleidigung betrachten; vollends ungeheuerlich sei es, ihre Liebe zu ihrer Tochter in Zweifel zu ziehen. Diese Art von Reden brachte die Leute zum Schweigen, ohne sie jedoch zu überzeugen. Vielmehr begannen viele, Verdacht zu schöpfen – womit sie nicht mehr vermuteten als die Wahrheit –, daß Mrs. Elmslie in Wirklichkeit eine selbstsüchtige, dem Weltlichen zugewandte, habgierige Frau war, die nichts weiter im Sinne hatte, als ihre Tochter gut unter die Haube zu bringen, wobei sie sich an die Folgen nicht kehrte, solange sie nur Ada als Herrin des größten Besitzes der ganzen Grafschaft sah.

Und doch hatte es den Anschein, als greife ein unseliges Schicksal ein, um zu verhindern, daß Mrs. Elmslie das

große Ziel ihres Lebens erreichte. Kaum war durch den Tod meines Vaters das eine Hindernis für die nichts Gutes verkündende Eheschließung beseitigt, als dem ersten ein zweites folgte, und zwar in Gestalt von Sorgen und Unruhe, die Adas zarte Gesundheit verursachte. Ärzte aller Fachrichtungen wurden konsultiert, und das Ergebnis ihrer Ratschläge war, daß die Hochzeit verschoben werden und Miss Elmslie England für einige Zeit verlassen mußte, um sich in einem wärmeren Klima aufzuhalten; wenn ich mich recht entsinne, im Süden Frankreichs. So geschah es, daß fast unmittelbar, bevor Alfred Monkton die Volljährigkeit erreichte, Ada und ihre Mutter eine Reise nach dem Kontinent antraten und man davon ausgehen mußte, daß die Vereinigung der jungen Leute auf unbestimmte Zeit hinausgeschoben blieb.
In der Nachbarschaft herrschte eine gewisse Neugier, was Alfred Monkton in dieser Situation wohl beginnen würde. Würde er der Dame seines Herzens folgen? Würde er sich auf eine Segeltour begeben? Würde er endlich die Tore der alten Abtei aufstoßen und in fröhlicher Runde Adas Fernsein und die Verschiebung der Hochzeit zu vergessen suchen? Aber nichts von alledem geschah. Er blieb ganz einfach in Wincot und führte dort ein so verdächtig absonderliches und einsames Leben, wie sein Vater es vor ihm getan hatte. Es gab in der Abtei jetzt buchstäblich niemanden mehr, der ihm als Gefährte hätte dienen können, außer dem alten Priester – die Monktons waren, was ich eigentlich schon hätte erwähnen sollen, katholischen Glaubens –, der seit Alfreds frühester Jugend sein Erzieher gewesen war. Alfred wurde mündig, ohne daß in Wincot auch nur eine Abendeinladung im engsten Kreise stattgefunden hätte, um das Ereignis gebührend zu feiern. Benachbarte Familien, entschlossen, die Kränkung zu vergessen, die die

Zurückhaltung seines Vaters ihnen bereitet hatte, luden ihn zu sich ein. Die Einladungen wurden mit großer Höflichkeit abgelehnt. Ebenso wohlerzogene wie resolute Besucher sprachen selbst in der Abtei vor und wurden ebenso resolut unter Verbeugungen zur Tür hinausgeleitet, sobald sie ihre Karten abgegeben hatten. Unter diesen unerklärlichen und ärgerlichen Umständen gewöhnten die Leute in der gesamten Umgebung sich daran, geheimnisvoll die Köpfe zu schütteln, wenn der Name Mr. Alfred Monkton fiel. Man deutete das Unglück an, das die Familie verfolgte und stellte, je nach Temperament und Neigung, gereizt oder betrübt Vermutungen darüber an, was er wohl treiben mochte, um sich Monat für Monat in dem einsamen Hause zu beschäftigen.

Die rechte Antwort auf diese Frage war nicht leicht zu finden. So war es beispielsweise völlig zwecklos, sich an den Priester zu wenden. Dieser war ein ungewöhnlich stiller, höflicher alter Herr, der stets äußerst bereitwillig und wohlerzogen Antwort gab; lauschte man ihm, so schienen seine Worte eine Fülle bedeutsamer Mitteilungen in sich zu bergen; dachte man indessen später darüber nach, so mußte eigentlich jeder feststellen, daß ihnen nie etwas Greifbares zu entnehmen war. Die Haushälterin, eine unheimliche Alte von äußerst kurzangebundenem und abweisendem Wesen, war zu grimmig und wortkarg, als daß man sich unbedenklich an sie hätte wenden können. Die wenigen Hausangestellten dienten alle schon lange genug in der Familie, um gelernt und sich angewöhnt zu haben, Fremden gegenüber den Mund zu halten. Nur von den Bauernknechten und Mägden, die für die Tafel der Abtei Sorge trugen, war gelegentlich etwas in Erfahrung zu bringen; aber was sie daherschwatzten, blieb doch recht verschwommen.

Einige von ihnen hatten den »jungen Herrn« in der Bibliothek auf- und abgehen sehen, Stapel staubiger Papiere in der Hand. Andere hatten in unbewohnten Teilen der Abtei merkwürdige Geräusche vernommen, aufgeblickt und ihn gesehen, wie er gewaltsam die alten Fenster aufstieß, als wollte er Luft und Licht in Räume lassen, die vermutlich seit undenklichen Zeiten versperrt gewesen waren; oder sie hatten ihn auf der lebensgefährlichen Spitze eines der brök-kelnden kleinen Türme entdeckt, wo seit Menschengedenken nie jemand hinaufgestiegen war und von denen das Volk glaubte, daß dort die Geister der Mönche hausten, denen das Gebäude einst gehört hatte. Das Ergebnis dieser Beobachtungen und Enthüllungen, sobald zu anderen darüber gesprochen wurde, war natürlich, daß jedermann nach und nach die feste Überzeugung gewann, daß »der arme junge Monkton auf dem gleichen Weg war, wie die übrige Familie vor ihm« – eine Meinung, die nach Auffassung der Allgemeinheit vor allem auch durch den festen Glauben unterstützt wurde (für den es auch nicht den Schatten eines Beweises gab), daß der Priester die Wurzel dieses ganzen Übels wäre.

Bis jetzt habe ich zumeist von Dingen erzählt, die ich vom Hörensagen weiß. Was ich im folgenden zu berichten habe, entspringt dagegen meiner persönlichen Erfahrung.

2. Kapitel

Etwa fünf Monate, nachdem Alfred Monkton seine Volljährigkeit erreicht hatte, verließ ich die Universität und beschloß, mich ein wenig zu zerstreuen und meinen Horizont zu erweitern, indem ich eine Auslandsreise unternahm.
Zur Zeit meiner Abreise führte der junge Monkton noch immer sein zurückgezogenes Leben in der Abtei, und jedermann war davon überzeugt, daß sein Zustand sich immer mehr verschlechterte, wenn er nicht schon dem vererbten Fluch seiner Familie zum Opfer gefallen war. Was die Elmslies anging, so hieß es, daß Ada ihr Aufenthalt in der Fremde gutgetan hätte und Mutter und Tochter auf dem Rückweg nach England wären, um die früheren Beziehungen zu dem Erben von Wincot wieder aufzunehmen. Noch vor ihrer Heimkehr jedoch war ich zu meiner Reise aufgebrochen. Ich durchwanderte halb Europa und plante nur selten im voraus, welchen Weg ich als nächsten einschlagen wollte. Der Zufall, der mich auf diese Art an alle möglichen Orte brachte, führte mich schließlich nach Neapel. Dort traf ich mich mit einem alten Schulfreund, der zu den Attachés der englischen Gesandtschaft gehörte; und dort nahmen auch die seltsamen Ereignisse um Alfred Monkton ihren Anfang, die den Hauptinhalt der Geschichte bilden, die ich nun erzählen will.
Eines Morgens saß ich mit meinem Freund, dem Attaché, müßig im Garten der Villa Reale, als ein junger, allein spazierengehender Mann an uns vorüberschritt und mit meinem Freund eine Verbeugung austauschte.
Mir war, als würde ich die dunklen, durchdringenden Augen, die farblosen Wangen, den merkwürdig wachsamen

und sorgenvollen Gesichtsausdruck wiedererkennen, deren ich mich aus früheren Tagen als charakteristisch für Alfreds Miene entsann, und gerade wollte ich meinen Freund danach fragen, als er mir die Auskunft, nach der ich strebte, ganz ungefragt zuteil werden ließ.

»Das ist Alfred Monkton«, sagte er, »er kommt aus derselben Gegend von England wie du. Eigentlich müßtest du ihn kennen.«

»Ich kenne ihn flüchtig«, versetzte ich. »Als ich das letzte Mal in der Nähe von Wincot war, hatte er sich gerade mit Miss Elmslie verlobt. Ist er inzwischen mit ihr verheiratet?«

»Nein; und er wird es hoffentlich auch nie sein. Das Schicksal seiner Familie hat ihn ereilt, oder, um es deutlicher zu sagen, er ist wahnsinnig geworden.«

»Wahnsinnig! Nun ja – ich sollte mich nicht darüber wundern, nach all dem, was man in England bereits über ihn erzählt hat.«

»Von diesen Gerüchten spreche ich nicht; ich rede von dem, was er in meiner und der Gegenwart von Hunderten anderer Leute hier gesagt und getan hat. Ganz bestimmt hast du schon davon gehört.«

»Noch nie. Ich habe mich monatelang an Orten aufgehalten, an denen es keine Nachrichten aus Neapel oder England gibt.«

»Dann habe ich dir eine höchst ungewöhnliche Geschichte zu erzählen. Du weißt natürlich, daß Alfred einen Onkel gehabt hat: Stephen Monkton. Nun, vor nicht allzu langer Zeit hat dieser Onkel auf römischem Staatsgebiet ein Duell ausgefochten, und zwar mit einem Franzosen, der ihn dabei erschoß. Die Sekundanten und der Franzose (der unverletzt geblieben war) entflohen, so vermutet man, in verschiedene Richtungen. Wir erfuhren erst einen Monat später Einzelheiten über das Duell. Eine französische Gazette veröffentlichte einen Bericht, den sie Papieren entnommen hatte, die Monktons Sekundant hinterließ, der in Paris an der Schwindsucht starb. Diese Papiere gaben an, in welcher Form man das Duell ausgetragen hatte, sowie seinen Ausgang, mehr jedoch nicht. Von dem überlebenden Sekundanten und dem Franzosen wurden bisher keinerlei Spuren gefunden. Alles, was man über den Zweikampf weiß, beschränkt sich darauf, daß Stephen Monkton dabei erschossen wurde; ein Vorfall, den niemand bedauern kann, denn einen übleren Schurken hat es niemals gegeben. Der genaue Ort seines Todes aber und das, was mit seiner Leiche geschah, sind noch immer ungelöste Geheimnisse.«

»Aber was hat das alles mit Alfred zu schaffen?«

»Warte noch einen Augenblick, und du wirst es erfahren. Sobald die Nachricht vom Tode seines Onkels England erreichte, was, glaubst du, tat Alfred? Er verschob doch tatsächlich seine Hochzeit mit Miss Elmslie, die in diesen Tagen gefeiert werden sollte, um hierher zu reisen und die Stelle zu suchen, an der sein nichtsnutziger Schuft von Onkel begraben liegt. Und keine Macht der Welt kann ihn bewegen, nach England und zu Miss Elmslie zurückzukehren, bevor er den Leichnam gefunden hat und mit zurück nach Hause nehmen kann, um ihn bei all den anderen toten Monktons begraben zu lassen, in der Gruft unter der Kapelle von Wincot Abbey. Schon seit drei Monaten verschwendet er hier sein Geld, plagt die Polizei und setzt sich dem Gespött der Männer und der Entrüstung der Frauen aus, während er sich abmüht, dieses wahnwitzige Vorhaben auszuführen; und er ist heute noch ebensoweit davon entfernt wie zu Anfang. Niemandem will er auch nur den kleinsten Beweggrund für sein Benehmen anvertrauen. Man kann ihn weder durch Gelächter noch durch Argumente davon abbringen. Zufällig weiß ich, daß er gerade eben, als wir ihm begegneten, unterwegs zum Büro des Polizeiministers war, der neue Beamte ausschicken und überall auf römischem Staatsgebiet Nachforschungen nach dem Ort anstellen soll, wo Monktons Onkel erschossen wurde. Und bedenke, daß er bei all dem auf der Behauptung beharrt, er wäre leidenschaftlich in Miss Elmslie verliebt und zutiefst unglücklich über die Trennung von ihr. Man darf gar nicht darüber nachgrübeln! Und dann denke an sein Fernsein von ihr, das er sich selbst auferlegt hat, um hier den sterblichen Überresten eines Elenden nachzujagen, der ein Schandfleck für die Familie war und den er selbst kaum ein- oder zweimal im Leben gesehen hat! Von allen diesen ›Mad Monktons‹, wie man sie in England immer genannt hat, ist Alfred der Verrückteste. Übrigens bildet er tatsächlich unsere Hauptsensation in dieser langweiligen Opernsaison; wiewohl ich meinerseits weit eher dazu neige, ihn zu verachten, anstatt über ihn zu lachen, wenn ich an das arme Mädchen in England denke.«

»So kennst du die Elmslies?«

»Sehr gut. Erst neulich schrieb mir meine Mutter aus England, nachdem sie mit Ada gesprochen hatte. Diese Eskapade Monktons hat alle Freunde von Ada empört. Man hat ihr dringend geraten, die Verbindung aufzugeben, was sie anscheinend durchaus könnte, wenn sie es nur wollte, selbst ihre Mutter, so niedrig von Gesinnung und selbstsüchtig sie ist, hat sich, um den Schein des Anstands zu wahren, endlich gezwungen gesehen, der übrigen Familie beizupflichten; aber das gute, treue Mädchen will Monkton nicht aufgeben. Sie unterstützt ihn noch in seinem Wahn, erklärt, er habe ihr für seine Abreise insgeheim einen guten Grund gegeben; sagt, sie habe ihn stets glücklich machen können, solange sie noch in der alten Abtei beieinander gewesen seien, und würde ihn noch viel glücklicher machen, wenn sie nur erst verheiratet wären; kurz und gut, sie liebt ihn von Herzen und wird bis zur letzten Sekunde an ihn glauben. Nichts erschüttert sie; sie hat den Entschluß gefaßt, ihr Leben an ihn fortzuwerfen, und das wird sie auch tun.«

»Das will ich nicht hoffen. So wahnwitzig seine Aufführung uns auch erscheinen mag, vielleicht hat er einen ganz vernünftigen Grund dafür, den wir uns nicht vorstellen können. Macht denn sein Verstand einen verwirrten Eindruck, wenn er von anderen, gewöhnlichen Dingen spricht?«

»Nicht im mindesten. Wenn man ein Wort aus ihm herausbringt, was freilich nicht allzu häufig der Fall ist, so redet er wie ein verständiger, gebildeter Mann. Erwähne sein sonderbares Vorhaben nicht, und du wirst ihn für den sanftesten und ausgeglichensten aller Menschen halten. Aber berühre nur das Thema jenes Vagabunden, seines Onkels, und sogleich tritt der Monktonsche Wahnsinn zu Tage. Neulich abend fragte ihn eine Dame, natürlich im Scherz, ob er schon einmal den Geist seines Onkels erblickt hätte. Er sah sie so finster an wie der leibhaftige Gottseibeiuns und erwiderte, er und sein Onkel würden ihr diese Frage eines Tages gemeinschaftlich beantworten, und müßten sie dazu auch aus der Hölle zurückkehren. Wir lachten über seine Worte, aber die Dame wurde vor Schreck ohnmächtig, und es gab eine Szene mit hysterischen Anfällen und Hirschhornsalz. Jeden anderen Mann, der in dieser Manier eine hübsche Frau schier zu Tode ängstigt, hätte man mit einem Fußtritt hinausgeworfen, aber ›Mad Monkton‹, wie wir ihn getauft haben, gilt in der Gesellschaft als privilegierter Verrückter, weil er Engländer, gutaussehend und Dreißigtausend jährlich wert ist.

Er geht viel aus und überall hin, in der Hoffnung, vielleicht einen Menschen zu treffen, dem das Geheimnis des Ortes bekannt ist, an dem das mysteriöse Duell ausgetragen wurde. Wirst du mit ihm bekanntgemacht, wird er dich ganz gewiß fragen, ob du etwas darüber weißt; doch hüte dich davor, nachdem du ihm deine Antwort gegeben hast, noch weiter über diesen Gegenstand zu sprechen, es sei denn, du wolltest dich davon überzeugen, daß er von Sinnen ist. Zu diesem Zwecke brauchst du nur von seinem Onkel zu reden, und das Ergebnis wird mehr als zufriedenstellend sein.«

Ein paar Tage nach diesem Gespräch mit meinem Freund, dem Attaché, begegnete mir Monkton bei einer Abendgesellschaft.

Kaum hatte er meinen Namen gehört, als sein Gesicht sich rötete; er zog mich in eine Ecke, erwähnte seine kühle Aufnahme meines nun schon Jahre zurückliegenden Vorstoßes, seine Bekanntschaft zu machen und bat mich mit einem Ernst und einer inneren Bewegung, die mich gänzlich in Erstaunen versetzten, um Verzeihung für das, was er als unentschuldbare Undankbarkeit seinerseits bezeichnete. Als nächstes fragte er mich, so wie mein Freund es vorausgesagt hatte, nach dem Ort jenes geheimnisvollen Zweikampfes.

Kaum hatte er mir diese Frage gestellt, als eine höchst seltsame Veränderung mit ihm vorging. Seine Augen, die bis zu diesem Augenblick auf mein Gesicht gerichtet gewesen waren, begannen zu wandern und hefteten sich mit angespanntem, fast stierem Blick entweder auf die vollständig kahle Wand neben uns oder auf den leeren Raum, der uns von ihr trennte – ich konnte nicht genau feststellen, wohin er starrte. Nun war ich von Spanien aus zu Schiff nach Neapel gekommen, was ich ihm auch in kurzen Worten mitteilte, um ihn davon zu überzeugen, daß ich ihm bei seinen

Nachforschungen nicht behilflich sein konnte. Er fragte auch nicht weiter; und ich, der Warnung meines Freundes eingedenk, achtete mit Sorgfalt darauf, die Konversation auf allgemeine Dinge zu lenken. Sogleich richtete er den Blick wieder auf mich, und solange wir in unserer Ecke beisammenstanden, wanderten seine Augen kein einziges Mal wieder zu der kahlen Wand oder dem leeren Raum auf unserer Seite.

Auch wenn er lieber zuhörte, als selbst zu reden, zeigte seine Unterhaltung, wenn er denn einmal sprach, nicht die mindeste Spur von Wahnvorstellungen. Ganz offensichtlich hatte er viel gelesen und sich dabei nicht auf Oberflächliches beschränkt, sondern tiefer geschürft; und er konnte seine Belesenheit mit ganz ungewöhnlich glücklichem Talent dazu nutzen, fast jeden Gesprächsgegenstand verständlich zu machen, wobei er sein Wissen weder in abgeschmackter Weise anderen aufdrängte noch sich geziert damit zurückhielt. Sein ganzes Auftreten war ein ständiger Protest gegen seinen Spottnamen ›Mad Monkton‹. Er war so zurückhaltend, so ruhig, so beherrscht und sanftmütig in allem, was er tat, daß ich ihn manchmal fast hätte weichlich nennen mögen.

Wir führten an jenem ersten Abend unserer Bekanntschaft ein langes Gespräch miteinander; danach sahen wir einander häufig und nutzten die kleinste Gelegenheit, unsere Bekanntschaft noch zu vertiefen. Ich merkte wohl, daß er eine Neigung zu mir gefaßt hatte, und trotz allem, was ich von seinem Verhalten Miss Elmslie gegenüber gehört hatte, trotz aller Verdächtigungen, mit denen die Geschichte seiner Familie und sein eigenes Verhalten ihn belasteten, begann ich, ›Mad Monkton‹ so gern zu haben wie er mich. Gar manches Mal unternahmen wir zusammen schweigsame Ausritte über Land. Oft segelten wir auch, einmal in dieser, einmal in jener Richtung, an den Küsten der Bucht entlang. Und wären nicht zwei merkwürdige Eigenarten in seinem Verhalten gewesen, die ich ganz und gar nicht begreifen konnte, so hätte ich schon bald seine Gesellschaft genossen wie die eines Bruders.

Die erste jener Seltsamkeiten war, daß bei verschiedenen Anlässen wieder jener merkwürdige Ausdruck in seine Augen trat, den ich das erstemal bemerkt hatte, als er mich fragte, ob ich etwas von dem Duell wüßte. Ganz gleich, wovon wir gerade sprachen oder wo wir uns befanden, es gab Momente, in denen er plötzlich den Blick von meinem Gesicht abwandte und zur Seite starrte, manchmal links, manchmal rechts an mir vorbei, immer aber dann, wenn dort nicht das Geringste zu sehen war, und immer mit dem gleichen durchbohrenden und grimmigen Ausdruck seiner Augen. Dieses Verhalten kam dem Wahnsinn – zumindest aber der Hypochondrie – so nahe, daß ich mich fürchtete, ihn zu befragen und stattdessen stets vorgab, gar nicht auf ihn zu achten.

Die zweite Merkwürdigkeit bestand darin, daß er während unseres Beisammenseins kein einziges Mal über die Gerüchte, die sein Vorhaben in Neapel betrafen, sprach und auch niemals ein Wort über Miss Elmslie oder sein Leben in der Abtei von Wincot verlor. Das erstaunte nicht allein mich, sondern verblüffte auch all jene, denen unsere enge Freundschaft aufgefallen war und die nun überzeugt waren, er hätte mich zum Hort aller seiner Geheimnisse erkoren. Aber die Zeit war nicht fern, in der dieses Geheimnis – neben einigen weiteren verborgenen Dingen, von denen ich damals noch gar nichts ahnte – mir enthüllt werden sollte.

Eines Abends traf ich ihn bei einem großen Ball, den ein russischer Adliger veranstaltete, dessen Namen ich damals nicht aussprechen konnte und an den ich mich heute nicht mehr erinnern kann. Ich war gedankenverloren aus Empfangsraum, Ballsaal und Spielzimmer hinausgewandert und in einen kleinen Raum am äußersten Ende des Palastes gelangt. Das Zimmerchen war halb Wintergarten, halb Boudoir. Aus Anlaß des Festes hatte man es auf das reizendste mit chinesischen Lampions illuminiert. Niemand befand sich dort, als ich eintrat. Die Aussicht auf das in die sanfte Helligkeit des italienischen Mondlichts getauchte Mittelmeer war so zauberhaft, daß ich lange Zeit am Fenster stehenblieb. Ich schaute hinaus und lauschte der Tanzmusik, die aus dem Ballsaal leise zu mir herüberklang. Meine Gedanken weilten in weiter Ferne, bei meiner Familie, die ich in England zurückgelassen hatte. Urplötzlich wurde ich aus diesen Träumen herausgerissen. Jemand sagte leise meinen Namen.

Ich fuhr herum und sah Monkton im Zimmer stehen. Leichenfahle Blässe bedeckte sein Antlitz, und er hatte den Blick mit dem gleichen seltsamen Ausdruck von mir abgewandt, wie ich ihn schon geschildert habe.

»Würde es Ihnen etwas ausmachen, heute abend früher von diesem Ball fortzugehen?« fragte er, noch immer ohne mich anzusehen.

»Nicht im mindesten«, antwortete ich. »Kann ich etwas für Sie tun? Sind Sie krank?«

»Nein; wenigstens ist es nicht der Rede wert. Wollen Sie mich in meiner Wohnung aufsuchen?«

»Sogleich, wenn Sie es wünschen.«

»Nein, nicht sofort. Zwar muß ich mich selbst schnellstens nach Hause begeben; aber bitte folgen Sie mir erst in einer halben Stunde. Ich weiß, daß Sie noch nicht in meiner Wohnung gewesen sind; aber Sie werden sie leicht finden, sie liegt ganz in der Nähe. Hier ist eine Karte mit meiner

Adresse. Ich *muß* heute nacht mit Ihnen reden; mein Leben hängt davon ab. Ich flehe Sie an: Kommen Sie! Um Gottes willen kommen Sie, sobald die halbe Stunde um ist!«

Ich versprach, pünktlich zu sein, und er eilte hinaus.

Die meisten Menschen werden sich unschwer vorstellen können, in welchem Zustand nervöser Ungeduld und unklarer Erwartung ich die von mir geforderte Wartezeit zubrachte, nachdem ich Monktons seltsame Worte gehört hatte. Ehe noch die halbe Stunde ganz vergangen war, brach ich auf, wobei ich den Ballsaal durchquerte.

Oben auf der Treppe begegnete mir mein Freund, der Attaché.

»Wie? Du gehst schon?« fragte er.

»Ja, und ich begebe mich auf eine höchst merkwürdige Expedition. Ich suche Monktons Wohnung auf; er selbst hat mich eingeladen.«

»Was du nicht sagst! Auf meine Ehre, du bist ein kühner Bursche, dich so allein ›Mad Monkton‹ anzuvertrauen, und das auch noch bei Vollmond.«

»Er ist krank, der arme Kerl. Außerdem halte ich ihn nicht für so verrückt wie du es tust.«

»Darüber wollen wir jetzt nicht diskutieren. Aber merke dir meine Worte: Er hat dich nicht ohne einen ganz besonderen Grund dorthin eingeladen, wo noch nie ein Gast empfangen wurde. Ich prophezeie dir, daß du heute nacht etwas zu sehen oder zu hören bekommen wirst, an das du für den Rest deines Lebens denken wirst.«

Wir verabschiedeten uns voneinander. Als ich an das Hoftor des Hauses klopfte, in dem Monkton wohnte, fielen mir die letzten Worte meines Freundes wieder ein; und obwohl ich ihn eben noch ausgelacht hatte, kam mir bereits damals der Verdacht, daß seine Voraussage in Erfüllung gehen würde.

3. Kapitel

Der Pförtner, der mich in das Haus einließ, in dem Monkton wohnte, zeigte mir die Etage, in der seine Räumlichkeiten lagen. Ich stieg die Treppe hinauf und fand die Tür auf dem Treppenabsatz angelehnt. Wahrscheinlich hatte er bereits meine Schritte gehört, denn ehe ich noch klopfen konnte, rief er mir schon zu, ich möchte hereinkommen.

Ich trat ein und fand ihn am Tische sitzend. Er hatte ein paar ungeordnete Briefe in der Hand, die er gerade zu einem Päckchen verschnürte. Als er mich bat, Platz zu nehmen, bemerkte ich, daß er jetzt einen gefaßteren Eindruck machte, obwohl die Blässe nicht aus seinem Gesicht gewichen war. Er dankte mir für mein Kommen, wiederholte, daß er mir etwas von größter Wichtigkeit mitzuteilen hätte und verstummte dann auf einmal, anscheinend zu verlegen, um fortzufahren. Ich bemühte mich, ihn zu beruhigen, indem ich ihm versicherte, wenn meine Hilfe und mein Rat ihm nur irgend von Nutzen sein könnten, so wäre ich willig, mich selbst und meine Zeit von ganzem Herzen und ohne Rückhalt zu seiner Verfügung zu stellen.

Bei diesen Worten fiel mir auf, wie seine Augen sich von meinem Gesicht fortzuwenden begannen – um langsam zur Seite zu wandern, sozusagen Zoll für Zoll, bis sie an einem ganz bestimmten Punkte verharrten, um mit dem gleichen stieren Blick ins Leere zu starren, der mich schon bei früheren Gelegenheiten so erschreckt hatte. Der ganze Ausdruck seiner Gesichtszüge verwandelte sich, so stark, wie ich es bislang niemals erlebt hatte; er saß vor mir und sah aus wie ein Mensch, der in einen totenähnlichen Trancezustand versunken ist.

»Sie sind sehr freundlich«, sagte er langsam und mit schwacher Stimme, wobei er nicht zu mir, sondern in die Richtung sprach, in die seine Augen noch immer wie festgebannt starrten. »Ich weiß, daß Sie mir helfen können; aber –«

Er hielt inne; sein Gesicht verfärbte sich grauenhaft weiß, und Schweiß brach ihm aus allen Poren. Er mühte sich, weiterzusprechen; sagte einige Worte; verstummte dann von neuem. Ernstlich über ihn beunruhigt erhob ich mich von meinem Stuhl, in der Absicht, ihm aus einem Krug, den ich auf einem Seitentisch stehen sah, ein wenig Wasser einzugießen.

Im selben Moment sprang er auf. Alle mißtrauischen Vermutungen hinsichtlich seiner geistigen Gesundheit, die mir je zu Ohren gekommen waren, durchzuckten mich in dieser Sekunde, und unwillkürlich wich ich ein paar Schritte zurück.

»Halt«, sagte er und setzte sich wieder hin, »achten Sie nicht auf mich und behalten Sie Platz. Ich will – ich möchte, wenn Sie einverstanden sind, eine kleine Veränderung vornehmen, bevor wir uns weiterunterhalten. Macht es Ihnen etwas aus, in sehr hellem Licht zu sitzen?«

»Ganz und gar nicht.«

Bisher hatte ich im Schatten seiner Leselampe, der einzigen Beleuchtung des Zimmers, gesessen.

Auf meine Antwort hin erhob er sich neuerlich, ging in ein Nebenzimmer und kehrte mit einer großen Lampe in der Hand zurück; nahm dann zwei Kerzen von dem Seitentisch und zwei weitere vom Kaminsims; und stellte sie zu meiner Verwunderung alle so hin, daß sie sich genau zwischen ihm und mir befanden; dann versuchte er sie anzuzünden. Seine Hand zitterte dermaßen, daß er sich gezwungen sah, den Versuch aufzugeben und mir zu gestatten, ihm zu Hilfe zu kommen. Auf seine Weisung hin entfernte ich, sobald ich die zweite Lampe und die vier Kerzen angesteckt hatte, den Schirm der Leselampe. Als wir uns nun wieder setzten, getrennt durch dieses geballte Licht, kehrte auch sein besseres und sanfteres Wesen zurück; und als er mich nun von neuem anredete, sprach er ohne das geringste Zögern.

»Es ist sinnlos, Sie zu fragen, ob Sie die Gerüchte über mich gehört haben«, begann er, »ich weiß, daß es so ist. Meine Absicht heute abend ist nun, Ihnen eine vernünftige Erläuterung für das Verhalten zu geben, das die Ursache dieser Gerüchte ist. Bisher habe ich mein Geheimnis nur einer einzigen anderen Person anvertraut; jetzt aber will ich es auch in Ihre Hand geben, wobei ich einen besonderen Zweck verfolge, auf den ich noch zu sprechen kommen werde. Zuerst freilich muß ich damit den Anfang machen, daß ich Ihnen im einzelnen erzähle, welche ungemein schwierige Situation mich zwingt, England noch immer fernzubleiben. Ich wünsche mir Ihren Rat und Ihre Hilfe; und um Ihnen auch das nicht zu verhehlen: Ich möchte Ihre Geduld und Ihr freundliches Mitgefühl auf die Probe stellen, bevor ich es wagen kann, Ihnen mein elendes Geheimnis aufzudrängen. Wollen Sie dieses scheinbare Mißtrauen gegen Ihr freimütiges und offenes Wesen verzeihen – diese scheinbare Undankbarkeit für die Güte, die Sie mir, seit wir einander zum ersten Male begegneten, erwiesen haben?«

Ich bat ihn inständig, nicht weiter davon zu sprechen, sondern fortzufahren.

»Sie wissen«, setzte er seine Rede fort, »daß ich hier bin, um den Leichnam meines Onkels Stephen zu finden und ihn an die Begräbnisstätte meiner Familie nach England zurückzubringen; und es wird Ihnen auch bekannt sein, daß es mir noch nicht gelungen ist, seine sterblichen Überreste zu entdecken. Versuchen Sie, vorläufig alles außer acht zu lassen, was an einem Vorhaben wie dem meinen ungewöhnlich und unbegreiflich scheinen mag; und lesen Sie diesen Zeitungsartikel, dort, wo er mit Tinte unterstrichen ist. Es ist der einzige Nachweis über jenes unselige Duell, in dem mein Onkel fiel, den ich bisher erlangen konnte; und ich möchte hören, welche Art des Vorgehens Ihnen, wenn Sie ihn gelesen haben, für mich am besten erscheint.«

Er reichte mir eine alte französische Gazette. Was ich dort las, haftet noch heute so fest in meinem Gedächtnis, daß ich sicher bin, auch jetzt, nach so langer Zeit, alle Tatsachen korrekt wiedergeben zu können, die ich dem Leser notwendigerweise mitzuteilen habe.

Ich entsinne mich, daß der Artikel mit Ausführungen des Redakteurs über die große Neugier begann, die allgemein für das tödliche Duell zwischen dem Grafen St. Lo und Mr. Stephen Monkton, einem englischen Gentleman, empfunden wurde. Der Verfasser fuhr fort, indem er sich höchst weitschweifig über die seltsame Geheimnistuerei ausließ, die von Anfang bis Ende über der ganzen Affäre geschwebt hatte, und endete damit, daß er der Hoffnung Ausdruck verlieh, die Veröffentlichung eines gewissen Manuskriptes, auf das seine einleitenden Bemerkungen sich bezogen, möchte dazu führen, aus anderen und besser informierten Kreisen neues Beweismaterial an den Tag zu bringen. Die Handschrift hatte man unter den Papieren eines Monsieur Foulon, des Sekundanten Monktons, gefunden, der unerwartet in Paris verstorben war, kurze Zeit nachdem er vom Orte des Duells in diese Stadt zurückgekehrt war. Das Dokument war unvollendet und brach genau an der Stelle ab, wo der Leser eine Fortsetzung am sehnlichsten wünschen mußte. Für diesen Abbruch ließen sich keinerlei Ursachen feststellen, und man hatte auch kein weiteres Schriftstück entdecken können, das sich mit diesem hochwichtigen Ge-

genstand befaßte, obwohl man die von dem Verstorbenen hinterlassenen Unterlagen auf das gründlichste durchsucht hatte.
Hierauf folgte der Abdruck des Dokumentes, das sich als private Abmachung zwischen Monsieur Foulon und Monsieur Dalville, dem Sekundanten des Grafen St. Lo, erwies und eine Aufstellung der für den Zweikampf getroffenen Vorkehrungen enthielt. Das Papier war auf »Neapel, den 22. Februar« datiert und gliederte sich in sieben oder acht einzelne Klauseln.
Die erste Klausel erläuterte Entstehen und Verlauf der Streitigkeiten – einer für beide Seiten höchst schändlichen Affäre, die nicht verdient, daß man sich ihrer erinnert oder sie auch nur wiederholt.
Die zweite Klausel legte dar, daß der Herausgeforderte die Pistole als Waffe gewählt und der Herausforderer (ein ausgezeichneter Degenfechter) seinerseits darauf bestanden hätte, daß der erste Schuß bereits die Entscheidung bringen müßte; worauf die Sekundanten, die sogleich erkannten, daß diese Form der feindlichen Begegnung unvermeidlich einen tödlichen Ausgang nehmen mußte, als wichtigsten Punkt festlegten, daß der Zweikampf unbedingt vor jedermann geheimzuhalten wäre und sein Ort ebenfalls nicht bekanntgegeben werden dürfte, nicht einmal den beiden Beteiligten selber. Hinzugefügt war, daß diese ungewöhnliche Vorsichtsmaßnahme auch deshalb unbedingt erforderlich gewesen wäre, weil der Papst sich erst kurze Zeit zuvor an die in Italien regierenden Mächte gewandt und die skandalöse Häufigkeit von Duellen angeprangert hatte, wobei er dem dringenden Wunsche Ausdruck verlieh, daß die Gesetze gegen Duellanten in Zukunft mit äußerster Schärfe durchgesetzt werden sollten.

Die dritte Klausel beschrieb die Form der Durchführung des Zweikampfes selbst, auf die man sich geeinigt hatte. Nachdem die Sekundanten an Ort und Stelle die Pistolen geladen hatten, sollten die Kämpfer sich in dreißig Schritten Abstand voneinander aufstellen und um den ersten Schuß würfeln. Der Gewinner sollte zehn Schritte – die man bereits für ihn abgesteckt hatte – vorgehen und seine Pistole abfeuern. Fehlte er oder gelang es ihm nicht, seinen Gegner kampfunfähig zu machen, so durfte dieser, wenn er wollte, die ganzen verbleibenden zwanzig Schritte auf ihn zugehen, ehe er seinerseits schoß. Diese Übereinkunft stellte sicher, daß das Duell beim ersten Schußwechsel unweigerlich entschieden und beendet war. Teilnehmer und Sekundanten beider Seiten verpflichteten sich, diese Regelung einzuhalten.
Die vierte Klausel enthielt die Vereinbarung der Sekundanten, das Duell *außerhalb* der neapolitanischen Staatsgrenzen auszufechten; jedoch wollten die Sekundanten den genauen Ort, an dem es stattfinden würde, den Umständen überlassen.
Die übrigen Klauseln befaßten sich, soweit ich mich ihrer erinnere, mit Einzelheiten der verschiedenen Vorsichtsmaßnahmen, die man anzuwenden gedachte, um einer Entdekkung zuvorzukommen. Die Duellanten und ihre Sekundanten sollten Neapel getrennt verlassen; mehrfach die Kutsche wechseln; sich in einer bestimmten Stadt oder, falls dies fehlschlug, in einem bestimmten Rasthaus an der Landstraße von Neapel nach Rom treffen; sollten Zeichenblöcke, Farbkästen und Feldstühle mitführen, als wären sie Künstler auf einer Zeichentour; und sollten sich, ohne einen Führer zu mieten, aus Angst vor Verrat zu Fuß an den Ort des Zweikampfes begeben. Derartige allgemeine Anweisungen sowie solche, die nach Beendigung der Affäre die Flucht der Überlebenden erleichtern sollten, bildeten den Beschluß je-

nes seltsamen Dokumentes, das von beiden Sekundanten, freilich lediglich mit ihren Initialen, unterzeichnet war. Gleich unter den Initialen war der Anfang eines längeren Berichts zu lesen, in Paris datiert und offensichtlich dazu bestimmt, das eigentliche Duell mit größter Genauigkeit zu schildern. Die Handschrift war die des verstorbenen Sekundanten.
Dieser Herr, eben jener Monsieur Foulon, bekundete seine Überzeugung, daß sich Umstände ergeben könnten, die dem Bericht eines Augenzeugen den Rang eines wichtigen Dokumentes verleihen würden. Darum wäre es seine Absicht, als einer der Sekundanten Zeugnis darüber abzulegen, daß das Duell unter genauer Einhaltung der vereinbarten Regeln durchgeführt worden sei und sich beide Teilnehmer als tapfere und ehrenhafte (!) Männer ausgezeichnet hätten. Weiter erklärte er, daß er, um niemanden zu kompromittieren, das Papier mit seiner Zeugenaussage in sichere Hände legen und strenge Anweisung erteilen werde, damit es auf keinen Fall eröffnet würde, es sei denn unter der Voraussetzung einer äußersten Notlage.
Nach dieser Vorrede berichtete Monsieur Foulon, daß das Duell zwei Tage nach der Niederschrift jener Vereinbarungen ausgetragen worden war, an einem Platz, zu dem die Duellgesellschaft der Zufall geführt hatte. (Der Name des Ortes war nicht erwähnt, ja es fehlte selbst die Andeutung der Gegend, in der er gelegen war.) Die Männer hatten ihre zuvor festgelegten Plätze eingenommen und der Graf St. Lo das Würfeln um den ersten Schuß gewonnen. Er war die zehn Schritte nach vorn getreten und hatte seinen Gegner in den Leib geschossen. Mr. Monkton war nicht sogleich gefallen, sondern noch sechs oder sieben Schritte vorwärtsgetaumelt, hatte – ohne schädliche Auswirkungen für diesen – seine Pistole auf den Grafen abgefeuert und war dann tot zu

Boden gestürzt. Hierauf, so erzählte Monsieur Foulon weiter, hätte er ein Blatt aus seinem Taschenbuch gerissen, eine kurze Darstellung der Umstände, unter denen Mr. Monkton zu Tode gekommen war, niedergeschrieben und das Papier dann an dessen Kleidung befestigt; dieses Verfahren war durch einen ungewöhnlichen Plan erforderlich geworden, den man an Ort und Stelle gefaßt hatte, um sich ohne schädliche Folgen für die Überlebenden des Leichnams zu entledigen. Worin aber dieser Plan bestand oder was mit der Leiche geschah, das wurde nicht berichtet; denn an diesem wichtigen Punkte brach die Erzählung plötzlich und ohne Übergang ab.

Eine Fußnote in der Gazette gab lediglich noch Auskunft darüber, auf welche Weise man das Dokument zur Veröffentlichung erhalten hatte und wiederholte die in den einleitenden Worten des Herausgebers bereits enthaltene Mitteilung, daß die mit dem Ordnen der Papiere Monsieur Foulons betrauten Personen keinerlei Fortsetzung des Berichtes gefunden hätten. Damit habe ich den vollständigen Inhalt dieser Lektüre wiedergegeben und alles erwähnt, was zu diesem Zeitpunkt über Mr. Stephen Monktons Tod bekannt war.

Als ich Alfred das Blatt zurückgab, war er zu erregt, um sprechen zu können, erinnerte mich jedoch durch ein Zeichen daran, daß er mit äußerster Gespanntheit auf das wartete, was ich zu sagen hätte. Ich befand mich in einer recht mißlichen, ja geradezu peinlichen Lage. Es war mir kaum möglich, vorauszusehen, welche Folgen es haben könnte, ließe ich es an Behutsamkeit mangeln, so daß mir zunächst nichts Besseres einfiel, als ihn noch einmal sorgfältig zu befragen, bevor ich mich für diesen oder jenen Weg entschied.

»Werden Sie es mir nachsehen, wenn ich Ihnen noch einige

Fragen stelle, ehe ich Sie meinen Rat hören lasse?« erkundigte ich mich.
Er nickte ungeduldig.
»Ja, ja; was immer Sie fragen möchten.«
»Haben Sie Ihren Onkel jemals häufiger gesehen?«
»Ich bin ihm überhaupt nur zweimal im Leben begegnet; beide Male war ich noch ein kleines Kind.«
»So kann von einer besonderen, persönlichen Zuneigung wohl nicht die Rede sein?«
»Zuneigung zu ihm! Ich würde mich schämen, hätte ich je eine Neigung zu ihm gefaßt. Wohin er auch kam, bereitete er uns Schande.«
»Darf ich dann fragen, ob es für Ihr Bestreben, seine sterblichen Überreste zu entdecken, vielleicht einen in Ihrer Familie liegenden Beweggrund gibt?«
»Es mag dafür, neben anderen, auch in unserer Familie liegende Ursachen geben – aber warum fragen Sie?«
»Weil ich gehört habe, daß Sie die Polizei eingeschaltet haben, Ihnen bei Ihrer Suche zu helfen; und weil ich gern wüßte, ob Sie die Oberen dieser Behörde dadurch dazu gebracht haben, ihr Möglichstes für Sie zu tun, indem Sie bei der Leitung der Polizei einen schwerwiegenden, ganz persönlichen Grund für das höchst ungewöhnliche Anliegen, das Sie hierhergeführt hat, genannt haben.«
»Ich gebe dort keine Begründung. Ich bezahle für das, was ich erledigt sehen möchte, und als Gegenleistung für meine Großzügigkeit behandelt man mich allseits mit der schändlichsten Gleichgültigkeit. Als Fremder in diesem Lande, der Sprache nur unzureichend mächtig, kann ich mir selbst nicht helfen. Die Behörden, sowohl in Rom als auch hierorts, geben vor, mich zu unterstützen, tun, als suchten und forschten sie so, wie ich es von ihnen wünsche – und unternehmen im übrigen gar nichts. Man beleidigt

mich, man lacht über mich, und das beinahe mir ins Angesicht.«

»Halten Sie es nicht für möglich – wohlgemerkt, ich habe nicht den leisesten Wunsch, das üble Betragen der Beamtenschaft zu entschuldigen und teile derartige Ansichten in keiner Weise – aber – glauben Sie nicht auch, daß die Polizei vielleicht daran zweifelt, daß es Ihnen mit dieser Sache wirklich Ernst ist?«

»Wirklich Ernst!« rief er aus, schoß in die Höhe und starrte mich grimmig an, Wildheit im Blick und mit keuchendem Atem. »Wirklich Ernst! Auch *Sie* glauben, ich handelte nicht in vollem Ernst! Ich weiß, daß Sie das glauben, auch wenn Sie mir das Gegenteil versichern. Doch halt! Bevor wir auch nur ein einziges weiteres Wort sprechen, sollen Ihre eigenen Augen Sie überzeugen. Kommen Sie mit – nur für eine Minute – nur für eine Minute!«

Ich folgte ihm vom Wohnzimmer in das Schlafzimmer. Neben seinem Bett stand eine gewaltige Packkiste aus rohem Holz, über sieben Fuß lang.

»Öffnen Sie den Deckel und schauen Sie hinein«, meinte er, »während ich die Kerze halte, damit Sie sehen können.«

Ich folgte seiner Weisung und entdeckte zu meinem Staunen, daß die Packkiste einen Bleisarg enthielt, auf das prachtvollste mit dem Wappen der Familie blasoniert und in altmodischen Lettern mit dem Namen »Stephen Monkton« beschriftet, unter dem noch sein Alter und die Art seines Todes angegeben waren.

»Diesen Sarg halte ich für ihn bereit«, flüsterte Alfred nahe an meinem Ohr. »Sieht das aus wie Ernst?«

Es sah eher aus wie Wahnwitz – so sehr, daß ich davor zurückschrak, ihm zu antworten.

»Ja, ja! Ich sehe, daß Sie überzeugt sind«, fuhr er eilig fort.

»Wir können nun wieder ins Nebenzimmer gehen und offen miteinander reden.«
Als wir uns wieder auf unsere Plätze begaben, schob ich ganz mechanisch meinen Stuhl vom Tisch fort. Inzwischen sah es in meinem Kopfe derart wirr und ungewiß aus, daß ich den Platz, auf den er mich gesetzt hatte, als wir vorhin die Kerzen anzündeten, ganz vergessen hatte. Sogleich jedoch machte er mich darauf aufmerksam.
»Rücken Sie nicht fort«, sagte er mit tiefem Ernst, »bleiben Sie im Lichte sitzen; ich bitte Sie darum! Ich werde Ihnen schon bald erklären, weshalb ich darauf so großen Wert lege. Zuerst aber schenken Sie mir Ihren Rat; stehen Sie mir in meinem großen Unglück, meiner unsicheren Lage bei. Bedenken Sie, daß Sie es versprochen haben.«
Ich unternahm die Anstrengung, meine Gedanken zu sammeln. Es gelang. Natürlich war es sinnlos, die ganze Angelegenheit in seiner Gegenwart anders als mit voller Ernsthaftigkeit zu behandeln; es wäre grausam gewesen, ihm nicht nach besten Kräften Rat zu spenden.
»Sie wissen«, begann ich, »daß das Duell zwei Tage nach der Niederschrift der Vereinbarungen, die in Neapel erfolgte, ausgefochten wurde – außerhalb neapolitianischen Staatsgebietes. Aus dieser Tatsache haben Sie gewiß den Schluß gezogen, daß alle Nachforschungen nach dem Ort des Geschehens sich tunlichst auf römisches Hoheitsgebiet beschränken sollten?«
»In der Tat. Die Untersuchungen – soweit man davon sprechen kann – haben dort, und nur dort, stattgefunden. Wenn ich der Polizei Glauben schenken darf, so haben die Behörde und ihre Beamten überall entlang der Landstraße von Neapel nach Rom Erkundigungen nach dem Ort des Duells eingezogen (und in meinem Namen dem, der ihn herausfindet, eine hohe Belohnung geboten). Auch haben sie – we-

nigstens versichert man es mir – Beschreibungen der Duellanten und ihrer Sekundanten überall veröffentlicht; sie haben einen Beamten in dem Rasthaus und einen anderen in der Stadt, die in der Vereinbarung als Treffpunkte angegeben waren, stationiert, um die Nachforschungen an Ort und Stelle zu überwachen; und sie haben auf dem Wege der Korrespondenz mit ausländischen Behörden versucht, den Grafen St. Lo und Monsieur Dalville an ihren Zufluchtsorten aufzuspüren. Alle diese Bemühungen, selbst angenommen, sie wären tatsächlich ins Werk gesetzt worden, haben sich aber bislang als ganz und gar fruchtlos erwiesen.«

»Ich habe den Eindruck«, meinte ich, nachdem ich eine Weile nachgedacht hatte, »daß alle Ermittlungen entlang der Landstraße oder in der näheren Umgebung von Rom wahrscheinlich vergeblich sein werden. Was die Auffindung der sterblichen Überreste Ihres Onkels betrifft, so wird sie wohl, denke ich, mit der Entdeckung des Ortes, an dem er erschossen wurde, zusammenfallen; denn die Beteiligten des Duells wären ganz gewiß nicht das Risiko eingegangen, sich ertappen zu lassen, indem sie auf ihrer Flucht eine Leiche, wenn auch nur eine kurze Strecke lang, bei sich führten. Das bedeutet, daß wir lediglich den Ort des Duells finden müssen. Denken wir einen Augenblick nach. Die Duellgesellschaft wechselte die Kutschen; reiste getrennt, jeweils zu zweit; machte zweifellos Umwege; verweilte zur Irreführung in dem Rasthaus und in der Stadt; setzte vielleicht den Weg eine beträchtliche Strecke zu Fuß und ohne Führer fort. Verlassen Sie sich darauf – bei Vorsichtsmaßnahmen wie diesen (von denen wir wissen, daß sie sie angewendet haben müssen) blieb ihnen von den zwei Tagen nur sehr wenig Zeit für die eigentliche Reise übrig, selbst wenn sie bei Sonnenaufgang aufbrachen und bei Einbruch der Dunkelheit nicht rasteten. Ich glaube deshalb, daß man das

Duell irgendwo in der Nähe der neapolitanischen Grenze ausgefochten hat; und wäre ich der mit der Durchführung der Suche betraute Polizist gewesen, so hätte ich nur parallel der Grenze forschen lassen, und zwar von Westen nach Osten, bis hinauf zu den einsamen Orten im Gebirge. Das ist meine Idee von der Sache; glauben Sie, daß sie etwas taugt?«

Im Nu rötete sich sein ganzes Gesicht. »Was ich glaube? Es ist eine Eingebung!« rief er. »Wir dürfen keinen Tag mehr verlieren, um diesen Plan auszuführen. Der Polizei kann man das nicht überlassen. Ich selbst muß aufbrechen, schon morgen früh; und Sie –«

Er brach jäh ab. Sein Gesicht erbleichte; er seufzte schwer; seine Augen schweiften von neuem mit stierem Blick ins Leere; und derselbe starre, totenähnliche Ausdruck versteinerte wieder seine Züge.

»Bevor ich von morgen spreche, muß ich Ihnen mein Geheimnis enthüllen«, fuhr er mit schwacher Stimme fort. »Zögerte ich noch länger, alles zu bekennen, so würde ich mich der Güte, die Sie mir bisher gezeigt haben, unwürdig erweisen; unwürdig auch der Hilfe, die Sie mir – das ist meine letzte Hoffnung – gern gewähren werden, wenn Sie alles erfahren haben.«

Ich bat ihn inständig, zu warten, bis er seine Fassung zurückgewonnen hätte und somit besser sprechen könnte; aber er schien gar nicht auf meine Worte zu achten. Langsam, als kämpfe er mit sich selbst, wandte er sich ein wenig von mir ab, beugte den Kopf hinunter auf den Tisch und stützte ihn mit der Hand. Das Päckchen mit Briefen, mit dem ich ihn beim Hereinkommen beschäftigt gesehen hatte, lag unmittelbar in seinem Blickfeld. Während er weiter zu mir sprach, schaute er es unverwandt an.

4. Kapitel

»Sie sind, glaube ich, in unserer Grafschaft geboren«, begann er. »Vielleicht haben Sie irgendwann von einer seltsamen alten Weissagung über unsere Familie gehört, die sich in der Tradition von Wincot Abbey bis heute erhalten hat?«

»Von einer solchen Prophezeiung habe ich erfahren«, antwortete ich, »aber nie gewußt, wie sie sich darstellt. Sollte sie nicht den Untergang Ihrer Familie oder etwas dieser Art voraussagen?«

»Welche Nachforschungen auch immer unternommen wurden«, fuhr er fort, »es gelang nie, diese Weissagung bis in jene Zeit zurückzuverfolgen, da sie zum ersten Mal verkündet wurde; keine unserer Familienaufzeichnungen berichtet von ihrem Ursprung. Alte Dienstboten und langjährige Pächter der Familie entsinnen sich, sie von ihren Vätern und Großvätern vernommen zu haben. Die Mönche, deren Nachfolge in der Abtei wir zu Zeiten Heinrichs des Achten antraten, erlangten auf irgendeine Weise Kenntnis davon; denn ich selbst habe die Reime, in denen, wie wir wissen, die Prophezeiung in uralter Zeit niedergelegt worden ist, auf dem leeren Blatt einer der Handschriften der Abtei gefunden. Es handelt sich um die folgenden Verse, wenn sie diese Bezeichnung überhaupt verdienen:

Harrt in Wincot letzte Rast
leer auf einen Monkton-Gast,
der kein Grab fand und im Blut
unter freiem Himmel ruht,
der, zu Hause reich an Land,
hier nicht sechs Fuß Erde fand –

soll dies Zeichen sein der Wende:
Monktons Linie geht zu Ende.
Immer schneller sinkt ihr Stern
bis zu Monktons letztem Herrn;
Erbe wird ihm nicht geboren,
Monktons Sippe ist verloren.«

»Diese Voraussage klingt so unbestimmt, als hätte ein antikes Orakel sie verkündet«, meinte ich, denn ich merkte, daß er, nachdem er die Verse ein zweites Mal hergesagt hatte, verstummt war, als warte er auf eine Äußerung von mir.

»Unbestimmt oder nicht, sie steht im Begriff, sich zu erfüllen«, erwiderte er. »Ich selbst bin jetzt ›Monktons letzter Herr‹ – der Letzte jener älteren Linie unserer Familie, auf die jene Prophezeiung sich bezieht; und der Leichnam Stephen Monktons liegt nicht in der Gruft – ›der letzten Rast‹ – von Wincot Abbey. Warten Sie, bevor Sie sich erheben und protestieren! Es gibt noch mehr dazu zu sagen. Lange Zeit, bevor die Abtei in unseren Besitz überging, als wir noch in dem uralten Herrenhaus daneben unsere Wohnung hatten (von dem inzwischen selbst die Ruinen schon seit undenklichen Zeiten verschwunden sind), war die Begräbnisstätte der Familie schon in der Gruft unter der Kapelle der Abtei. Und ob nun in diesen fernen Zeiten die Weissagung über uns bereits bekannt und gefürchtet war oder nicht – eins steht fest: Alle Monktons, ob sie in der Abtei oder auf dem kleinen Familiengut in Schottland gelebt hatten, wurden in der Gruft von Wincot beigesetzt, ohne Rücksicht auf die damit verbundenen Gefahren oder Opfer. In den Tagen der grimmigen Kämpfe alter Zeit suchte und fand man die Leichen meiner Ahnen, die in fremden Ländern gefallen waren, und schaffte sie zurück nach Wincot, selbst wenn das nicht nur hohe Lösegelder, sondern vielfach auch verzweifelte, blutige Kämpfe erforderte. Dieser Aberglaube, wenn Sie ihn so bezeichnen wollen, ist seit damals und bis auf den heutigen Tag in unserer Familie lebendig geblieben; seit Jahrhunderten ist die Reihe der Toten in der Abteigruft ohne Unterbrechung – ganz und gar lückenlos – bis jetzt. Die ›Rast‹, von der es in der Weissagung heißt, sie ›harre leer‹, ist der Platz Stephen Monktons; die Stimme, die die Erde vergeblich um ihren Schutz anfleht, ist die Geisterstimme des Toten. So sicher, als wäre ich dabeigewesen, weiß ich, daß sie ihn liegengelassen haben an der Stelle, wo er fiel – unbestattet!«

Bevor ich noch ein Wort des Widerspruchs äußern konnte, brachte er mich zum Schweigen, indem er langsam aufstand und in die Richtung deutete, in die sein Blick erst vor wenigen Minunten von neuem gewandert war.

»Ich kann mir denken, was Sie mich fragen wollen«, rief er mit fester und lauter Stimme aus, »Sie wollen fragen, wie ich so verrückt sein kann, an die Knittelverse einer solchen Prophezeiung zu glauben, die, verkündet in einer Zeit des Aberglaubens, die unwissendsten Hörer in Schrecken versetzen sollte. Und ich antworte Ihnen« – bei diesen Worten sank seine Stimme plötzlich zu einem Flüstern herab – »ich antworte Ihnen: *weil Stephen Monkton selbst in diesem Augenblick vor mir steht und meine Überzeugung bestätigt.«*

Ob es das Entsetzen und Grauen waren, die sich so furchtbar in seinem Antlitz widerspiegelten, während er da vor mir stand, oder ob es daran lag, daß ich bisher den Gerüchten über seinen Wahnsinn nie recht Glauben geschenkt hatte und sich mir nun ganz plötzlich die Gewißheit, sie beruhten auf Wahrheit, aufdrängte, ich weiß es nicht; aber ich fühlte, wie mir bei seinen Worten das Blut in den Adern gerann; und tief in meinem Innern wußte ich, daß ich nicht den Mut haben würde, mich umzudrehen und auf jenen Punkt neben mir zu blicken, auf den er immer noch zeigte.

»Ich sehe dort«, fuhr er mit derselben flüsternden Stimme fort, »die Gestalt eines recht dunkelhäutigen Mannes, aufrecht stehend, den Kopf unbedeckt. Eine seiner Hände, die noch eine Pistole umklammert, ist seitlich herabgesunken; die andere preßt ein blutiges Taschentuch an den Mund. Das letzte qualvolle Zucken des Todeskampfes verzerrt seine Züge, aber ich erkenne sie wieder als die eines dunklen Mannes, vor dem ich mich als Kind in Wincot Abbey zweimal sehr gefürchtet habe, als er mich auf den Arm nahm. Damals fragte ich die Kindermädchen, wer dieser Mann wäre, und sie sagten mir, es handele sich um meinen Onkel Stephen Monkton. Und ihn sehe ich jetzt an Ihrer Seite, so deutlich, als stünde er lebendig dort – die Starrheit des Todes in den großen schwarzen Augen; und so habe ich ihn gesehen von dem Augenblick an, in dem man ihn erschoß; zu Hause und unterwegs, im Wachen und Schlafen, bei Tag und Nacht – wir sind zusammen, zu jeder Zeit und an jedem Ort!«

Als er diese letzten Worte hervorstieß, erstickte sein Flüstern in einem kaum hörbaren Gemurmel. Aus seiner Blickrichtung und dem Ausdruck der Augen vermutete ich, daß er zu der Erscheinung sprach. Hätte ich diese in jenem Moment selbst wahrgenommen, so wäre das, glaube ich, ein weniger erschreckender Anblick für mich gewesen als Alfred, unverständliche Laute ins Leere stammelnd, ihn mir bot. Meine Nerven waren durch das soeben Vernommene mehr erschüttert, als ich es je für möglich gehalten hätte. Eine unbestimmte Angst davor, in seiner augenblicklichen Stimmung in seiner Nähe zu verweilen, überkam mich, und ich trat ein paar Schritte zurück.

Er bemerkte diese Reaktion sofort.

»Gehen Sie nicht! – Oh, bitte, gehen Sie nicht! Habe ich Sie erschreckt? Glauben Sie mir nicht? Bereiten die Lichter Ihnen Augenschmerzen? Ich habe Sie nur gebeten, in dieser grellen Kerzenbeleuchtung zu sitzen, weil ich den Anblick des Schimmers, der stets, wenn es dunkel ist, von dem Phantom ausgeht, nicht ertragen konnte – er beleuchtete Sie, als Sie dort im Schatten saßen. Gehen Sie nicht fort – verlassen Sie mich jetzt nicht!«

Unendliche Verlassenheit, unsägliches Elend standen in seinem Gesicht, als er diese Worte aussprach, die mir allein dadurch, daß sie vor allem mein Mitleid erregten, die Selbstbeherrschung zurückgaben. Ich setzte mich wieder auf meinen Stuhl und versicherte, ich würde bei ihm bleiben, solange er es wünschte.

»Ich danke Ihnen tausendmal! Sie sind die Geduld und Güte selbst«, sagte er, begab sich an seinen Platz zurück und nahm sein vorheriges, sanftes Wesen wieder an.

»Jetzt, da ich Ihnen das Unglück, das mir im Verborgenen folgt, wohin ich auch gehe, anvertraut habe, glaube ich auch die Kraft zu besitzen, Ihnen alles Übrige, wovon noch zu berichten ist, in Ruhe zu erzählen. Sehen Sie, wie ich gesagt habe, kam mein Onkel Stephen« – hier wendete er hastig den Kopf ab und sah hinunter auf den Tisch, während er den Namen über die Lippen brachte – »kam mein Onkel Stephen, als ich noch ein Kind war, zweimal nach Wincot und erschreckte mich beide Male schier zu Tode. Er tat gar nichts weiter, als mich auf den Arm zu nehmen und mit mir zu reden – und zwar, wie ich später lernte, für seine Verhältnisse durchaus freundlich –, dennoch flößte er mir große Furcht ein. Vielleicht hatte ich Angst vor seiner großen Gestalt, seiner dunklen Hautfarbe und seinem dichten schwarzen Haar und Schnurrbart, wie andere Kinder es auch gehabt hätten; vielleicht aber übte sein bloßer Anblick einen seltsamen Einfluß auf mich aus, den ich damals nicht begriff und auch heute nicht erklären kann. Aber wie es sich auch verhalten mochte, ich träumte noch von ihm, als er schon lange abgereist war und stellte mir jedesmal vor, er schliche mir nach, um mich einzufangen und aufzuheben, sobald man mich nur im Dunklen alleinließ. Die Dienerschaft, der meine Pflege anvertraut war, fand das bald heraus und gewöhnte sich daran, mir mit meinem Onkel Stephen zu drohen, wenn ich widerspenstig war und sie nicht mit mir fertig wurden. Auch als ich größer wurde, behielt ich das vage Gefühl des Entsetzens und Abscheus vor unserem fern von uns lebenden Verwandten. Wenn mein Vater oder meine Mutter seinen Namen erwähnten, lauschte ich stets mit gespannter Aufmerksamkeit, ohne zu wissen, warum ich das tat – ich lauschte mit einem unerklärlichen Vorgefühl, als wäre ihm etwas Grauenhaftes zugestoßen, oder als würde mir in Kürze derartiges widerfahren. Dieses Gefühl änderte sich nur, wenn man mich in der Abtei einmal allein zurückließ; dann schien es mit der heftigen Neugier zu verschmelzen, die schon lange vor dieser Zeit in mir wachgeworden war: Neugier über den Ursprung jener uralten Weissagung über das Erlöschen unseres Geschlechtes. Können Sie mir folgen?«

»Ich folge jedem Wort mit größter Aufmerksamkeit.«

»Sie müssen nun wissen, daß ich zuerst ein paar Fragmente jenes alten Gedichtes, das die Prophezeiung beinhaltet, als Kuriosität zitiert in einem alten Buch in der Bibliothek gefunden hatte. Neben dem Zitat war ein alter, roh ausgeführter Holzschnitt eingeklebt. Er stellte einen dunkelhaarigen Mann dar, dessen Gesicht dem meines Onkels, soweit ich mich seiner noch erinnerte, auf derart unheimliche Weise glich, daß das Porträt mich in tiefste Bestürzung versetzte. Als ich meinen Vater – es war in der Zeit kurz vor seinem Tode – danach fragte, wußte er nichts zu sagen oder gab es zumindest vor; und wenn ich später auf die Weissagung zu

sprechen kam, wechselte er ungehalten das Thema. Genauso verhielt sich, sooft ich ihn darauf ansprach, unser Kaplan. Er sagte, das Porträt sei Jahrhunderte vor der Geburt meines Onkels entstanden, und er nannte die Prophezeiung einen albernen, unsinnigen Knittelvers. Ich habe darüber oft mit ihm gestritten und ihn gefragt, warum wir Katholiken, die wir doch glauben, daß die Gnade, Wunder zu wirken, bestimmte, mit besonderen Gaben ausgestattete Personen niemals verlassen hat, dann nicht genausogut daran glauben dürften, daß auch die Befähigung zur Weissagung nicht von der Erde verschwunden wäre. Aber er wollte mit mir nicht disputieren, sondern pflegte nur zu sagen, ich sollte meine Zeit nicht damit vergeuden, über derlei nutzlose Dinge nachzugrübeln; ich verfügte über mehr Phantasie, als mir guttäte und sollte diese besser unterdrücken, als sie noch aufzureizen. Ratschläge wie diese stachelten meine Neugier freilich nur an. Schließlich nahm ich mir vor, die ältesten, nicht mehr bewohnten Teile der Abtei zu durchforschen und zu versuchen, ob ich nicht aus vergessenen Familienchroniken herausfinden könnte, wen das Porträt darstellte und wann man die Prophezeiung zum ersten Male niedergeschrieben oder verkündet hatte. Haben Sie schon einmal einen Tag ganz allein in den längst verlassenen Räumen eines uralten Hauses zugebracht?«
»Noch nie; diese Art von Einsamkeit ist ganz und gar nicht nach meinem Geschmack.«
»Ach! Was für ein Leben war das, als ich meine Suche begann. Wie gern würde ich es noch einmal erleben! Diese lockende Ungewißheit, diese seltsamen Entdeckungen, diese wilden Phantasien, dieses bezaubernde Entsetzen, all das war ein Teil meines Lebens! Denken Sie nur, welch ein Gefühl, die Tür zu einem Zimmer aufzubrechen, das vor Ihnen fast hundert Jahre lang keine lebende Seele betreten

hat; denken Sie sich den ersten Schritt in einen Bereich luftloser, furchtbarer Stille, wo das Licht schwach und kränklich durch festverschlossene Fenster und vermodernde Vorhänge sickert; denken Sie sich das gespenstische Knarren des alten Fußbodens, der aufschreit, weil man ihn betritt, so vorsichtig Sie auch Ihre Schritte setzen; denken Sie sich Waffen, Helme, unheimliche Wandteppiche aus längstvergangenen Tagen, die sich von den Wänden auf Sie zuzubewegen scheinen, wenn Sie sich ihnen im dämmrigen Lichte zum ersten Mal nähern; malen Sie sich das Herumstöbern in riesigen Schränken und eisenbeschlagenen Truhen aus, bei denen Sie nicht wissen, welche gräßlichen Dinge zum Vorschein kommen mögen, wenn man sie gewaltsam aufbricht; stellen Sie sich das Brüten über ihrem Inhalt vor, bis einen heimlich die Dämmerung beschleicht und die Dunkelheit an dem einsamen Ort etwas Schreckliches bekommt; dann den Versuch, sich zu entfernen, der einem nicht gelingen will, als hielte einen etwas Unsichtbares fest; den Wind, der von draußen hereinheult; die Schatten, die einen umgeben und immer tiefer werden, bis man in ihrer Finsternis eingeschlossen ist – denken Sie sich diese Dinge, und Sie können sich Faszination, Spannung und Schrecken zugleich, in einem Leben wie es in jenen fernen Tagen das meine war, vorstellen!«

(Ich schrak davor zurück, mir ein solches Dasein auszumalen: der Anblick seiner Folgen, so wie ich sie in dieser Stunde vor mir sah, erschien mir trübe genug.)

»Nun gut. Meine Suche erstreckte sich über Monate und Monate; manchmal unterbrach ich sie für eine Weile, um sie dann wieder aufzunehmen. In welcher Richtung ich auch forschte, stets stieß ich auf etwas, das mich weiterlockte. Grausige Bekenntnisse von alten Verbrechen, entsetzliche Beweise für heimliche Schurkereien, die man sicher vor aller Augen verbogen hatte, kamen jetzt für mich ans Tageslicht. Diese Entdeckungen, für die ich seither immer ein eigenes und besonders gräßliches Interesse gehabt habe, standen manchmal mit bestimmten Teilen der Abtei und auch mit gewissen alten Porträts in der Bildergalerie, vor deren Anblick ich mich nach dem, was ich herausgefunden hatte, buchstäblich fürchtete, im Zusammenhang. Es gab Zeiten, in denen die Ergebnisse meiner Suche mich derart erschreckten, daß ich mir vornahm, überhaupt damit aufzuhören; aber niemals gelang es mir, mich an diesen Entschluß zu halten; die Versuchung, weiterzuforschen, schien in gewissen Intervallen einfach stärker zu sein als ich, und wieder und wieder gab ich ihr nach.

Endlich fand ich das Buch, das einst den Mönchen gehört hatte und das, auf eine leere Seite geschrieben, den vollständigen Wortlaut der Prophezeiung enthielt. Dieser erste Erfolg machte mir Mut, die Familienchroniken noch weiter zurückzuverfolgen. Ich hatte bis dahin noch nichts über die Identität des geheimnisvollen Porträts herausgefunden, aber dieselbe instinktive Gewißheit, die mir die ungewöhnliche Ähnlichkeit mit meinem Onkel Stephen bestätigt hatte, schien mir jetzt auch zu versichern, daß seine Gestalt enger mit der Prophezeiung verknüpft sein und er mehr davon wissen müßte als irgend ein anderer Mensch. Ich hatte keine Möglichkeit, mit ihm in Verbindung zu treten und kein Mittel, mir Gewißheit zu verschaffen, ob diese meine seltsame Idee richtig oder falsch war; bis zu jenem Tage, an dem derselbe furchtbare Beweis, der heute, in diesem Zimmer, vor mir steht, mich für immer von jedem Zweifel befreite.«

Er hielt eine kleine Weile inne und schaute mich gespannt und mißtrauisch an. Dann fragte er mich, ob ich seiner bisherigen Erzählung glaubte. Meine unverzügliche, bejahende Antwort schien seine Bedenken zu zerstreuen, und er fuhr fort.

»An einem schönen Abend im Februar stand ich allein in einem der verlassenen Räume des Westtürmchens der Abtei und betrachtete den Sonnenuntergang. Die Sonne wollte eben untergehen, als ein Gefühl mich überkam, das sich nicht beschreiben läßt. Ich sah nichts, hörte nichts, wußte nichts. Diese völlige Selbstvergessenheit trat ohne jeden Übergang ein; es war keine Ohnmacht, denn ich fiel nicht zu Boden, sondern bewegte mich keinen Zollbreit von der Stelle. Wenn es etwas dieser Art gäbe, so würde ich es eine zeitweilige Trennung von Seele und Leib, ohne Tod, nennen; aber mir ist jede Schilderung meines damaligen Zustandes unmöglich. Bezeichnen Sie mein Befinden, wie Sie wollen – als Trance oder Katalepsie – ich weiß nur, daß ich ganz und gar besinnungslos am Fenster stehenblieb, an Geist und Körper erstorben, bis die Sonne untergegangen war. Dann erst gewann ich wieder Macht über meine Sinne; und da ich die Augen öffnete, erblickte ich vor mir die Erscheinung Stephen Monktons, in einen schwachen Lichtschimmer gehüllt, so wie sie in eben dieser Sekunde, an Ihrer Seite, vor mir steht.«

»War das, bevor die Nachricht über das Duell in England eintraf?« fragte ich.

»*Zwei Wochen, bevor sie England erreichte.* Aber auch als wir von dem Duell selbst erfuhren, hörten wir nichts von dem Tag, an dem es ausgetragen worden war. Ich fand erst Genaueres darüber heraus, als das Dokument, das Sie gerade gelesen haben, in jener französischen Gazette veröffentlicht wurde. Das Dokument datiert, wie Sie sich erinnern werden, vom 22. Februar, und es heißt darin, daß das Duell zwei Tage später stattfand. An dem Abend, als ich das Phantom erblickte, habe ich in meinem Tagebuch das Datum notiert

– den Tag des Monats, an dem es mir zum ersten Mal erschien. Dieser Tag war der 24. Februar.«

Wieder unterbrach er sich, als wartete er auf eine Äußerung meinerseits. Was aber konnte ich zu dem, was er gerade gesagt hatte, anmerken? Was sollte ich denken?

»Selbst bei dem Grauen, das mir der erste Anblick der Erscheinung einflößte«, setzte er seine Erzählung fort, »kam mir doch sogleich die Prophezeiung über unser Haus in den Sinn, und mit ihr die Gewißheit, daß ich in jenem gespenstischen Phantom die Warnung vor meinem eigenen Verhängnis zu erblicken hatte. Trotzdem aber beschloß ich, sobald ich mich nur ein wenig erholt hatte, das, was ich gesehen hatte, auf seine Wirklichkeit hin zu überprüfen; ich wollte herausfinden, ob ich meiner eigenen krankhaften Phantasie zum Opfer gefallen war oder nicht. Ich verließ das Türmchen; das Phantom verließ es mit mir. Ich ersann eine Ausflucht, um den Wohnraum der Abtei strahlend erleuchten zu lassen; die Gestalt stand weiterhin vor meinen Augen. Ich wanderte hinaus in den Park; die Erscheinung blieb im klaren Sternenlicht bei mir. Ich nahm Abschied von meinem Vaterhaus und reiste viele Meilen bis zur Küste; und immer noch harrte der große, dunkle Mann in seinem Todeskampf bei mir aus. Danach sträubte ich mich nicht länger gegen mein Schicksal. Ich kehrte zu der Abtei zurück und versuchte, mich mit meinem elenden Dasein abzufinden. Aber es sollte nicht sein. Ich besaß eine Hoffnung, die mir teurer war als das eigene Leben; ich hatte einen Schatz, der mir gehörte und schauderte zurück vor der Vorstellung, ihn zu verlieren; und als die Erscheinung des Phantoms, ein warnendes Hindernis, sich zwischen mich und diesen einzigen Schatz, diese liebste Hoffnung, stellte, wurde mein Unglück größer, als ich ertragen konnte. Sie müssen wissen, worauf ich hinauswill; Sie müssen oft genug gehört haben, daß ich verlobt war und heiraten wollte?«

»Ja, oft. Ich bin selbst entfernt mit Miss Elmslie bekannt.«

»Sie können niemals ahnen, was sie alles für mich geopfert hat – sich niemals vorstellen, was ich in so vielen vergangenen Jahren empfunden habe –« – seine Stimme zitterte und Tränen traten ihm in die Augen – aber ich selbst wage den Versuch nicht, davon zu sprechen; der Gedanke an jene fernen glücklichen Tage in der Abtei bricht mir heute fast das Herz. Lassen Sie mich darum zu unserem Gegenstand zurückkehren. Ich muß Ihnen erklären, daß ich die grausige Vision, die mich zu jeder Zeit und an jedem Ort verfolgte, vor jedermann geheimhielt; kannte ich doch die üblen Gerüchte über den Wahnsinn, den ich von meiner Familie ererbt haben sollte und fürchtete, jedes Bekenntnis, das ich ablegte, würde mir zum Nachteil ausgelegt werden. Wenn das Phantom auch zu jeder Stunde vor mir stand und darum stets entweder vor oder neben dem Menschen erschien, mit dem ich gerade sprach, lernte ich doch bald, vor anderen zu verbergen, daß ich es sah, bis auf einige seltene Augenblicke – vielleicht habe ich mich bei einem derartigen Anlaß auch Ihnen verraten. Aber bei Ada nützte mir meine ganze Selbstbeherrschung nichts. Der Tag unserer Hochzeit kam heran.«

Er verstummte und ein Schauer überlief ihn. Ich wartete schweigend, bis er sich wieder in der Gewalt hatte.

»Bedenken Sie«, fuhr er fort, »bedenken Sie, was ich gelitten haben muß – immer, wenn ich meine verlobte Braut anschaute, sah ich jenes Schreckgespenst! Stellen Sie sich vor, wie ich ihre Hand ergriff und sie durch die Gestalt der Erscheinung hindurch zu fassen schien! Denken Sie an das ruhige Engelsantlitz und die gequälten Züge des Geistes, die sich niemals mehr trennen ließen, wann immer ich in ihre Augen sah! Malen Sie sich all das aus, und es wird Sie kaum verwundern, daß ich ihr mein Geheimnis verriet. Flehentlich bat sie mich, ihr auch das Schlimmste zu enthüllen, ja sie bestand darauf, alles zu erfahren. Auf ihr Geheiß erzählte ich ihr alles und gab sie dann frei – sie konnte unser Verlöbnis aufheben. Der Gedanke an den Tod erfüllte mein Herz, als ich die Abschiedsworte sprach – ein Tod durch meine eigene Hand, sofern ich diese Trennung überhaupt überlebte. Sie ahnte diesen Gedanken; sie wußte – und sie wich nicht von meiner Seite, bis ihr guter Einfluß ihn für immer vertrieben hatte. Ohne sie wäre ich heute nicht mehr am Leben – ohne sie hätte ich den Plan, der mich hierhergeführt hat, niemals in Angriff genommen.«

»Wollen Sie damit sagen, daß Sie auf Miss Elmslies Anraten nach Neapel gereist sind?« fragte ich verblüfft.

»Ich meine, daß es ihre Worte waren, die mich auf die Idee brachten, nach Neapel zu gehen«, antwortete er. »Solange ich glaubte, das Phantom sei als verhängnisvoller Todesbote zu mir gekommen, lag kein Trost, sondern eher noch größeres Unglück für mich in ihren Worten, daß es keiner Macht der Erde gelingen würde, sie von mir zu trennen und daß sie für mich und nur für mich leben würde, welche Prüfung das Geschick ihr auch auferlegen sollte. Aber als wir dann gemeinsam darüber nachdachten, welchen Sinn das Erscheinen des Phantoms wohl haben mochte, sah auf einmal alles ganz anders aus – ja, völlig anders, als sie mir darlegte, daß die Botschaft zu meinem Besten und nicht zu meinem Schaden gemeint sein könnte; und daß die Warnung, die sie mir bringen sollte, vielleicht zu meinem Nutzen sein konnte, statt mir zum Nachteil zu gereichen. Und als sie das sagte, kam mir im selben Augenblick die neue Idee, die mir zugleich neuen Lebensmut einflößte. Ich war überzeugt und bin es noch jetzt, daß es für mein Vorhaben hier einen übernatürlichen Auftrag gibt. In diesem Glauben lebe ich; ohne ihn würde ich sterben. *Sie* hat sich nie darüber lustig gemacht oder ihn als Verrücktheit verspottet. Hören Sie mir gut zu! Der Geist, der mir in der Abtei erschien, der mich seither nicht mehr verlassen hat, der in diesem Augenblick neben Ihnen steht, warnt mich, dem Verhängnis, das über unserer Sippe schwebt, zu entgehen und befiehlt mir, um dieses Schicksal abzuwenden, den unbestatteten Toten zu begraben. Sterbliche Liebe und sterbliche Pläne müssen sich vor diesem schrecklichen Gebot beugen. Die Geistererscheinung wird mich solange nicht verlassen, bis ich den Leichnam geborgen habe, der nach der Erde schreit, die ihn bedecken soll! Ich wage nicht zurückzukehren – ich wage nicht zu heiraten, ehe ich nicht den Platz ausgefüllt habe, der in der Gruft von Wincot leersteht.«

Seine Augen waren weit aufgerissen und blitzten; die Stimme war tiefer geworden; die Verzückung des Fanatikers leuchtete aus seinen Zügen, während er diese Worte hervorstieß. So entsetzt und betrübt ich auch war, unternahm ich doch keinen Versuch, ihm Vorhaltungen zu machen oder mit ihm zu disputieren. Es wäre sinnlos gewesen, ihn mit den üblichen Gemeinplätzen über optische Täuschungen oder Wahnvorstellungen abzuspeisen – noch sinnloser, sich damit abzumühen, die seltsamen Zufälle und Ereignisse, von denen er berichtet hatte, auf natürliche Ursachen zurückzuführen. So kurz er auch Miss Elmslie erwähnte, er hatte doch genug gesagt, um mir zu zeigen, daß die einzige Hoffnung des armen Mädchens, das ihn von allen Menschen am meisten liebte und am längsten kannte, darin lag, seiner Verblendung letztendlich nachzugeben. Mit welcher Treue sie sich noch immer an den Glauben klammerte, ihn gesund machen zu können! Mit welcher

Entschlossenheit opferte sie sich seinen kranken Phantasien, voller Hoffnung auf eine glückliche Zukunft, die sich vielleicht niemals einstellen würde! So wenig ich auch über Miss Elmslie wußte, der bloße Gedanke an ihre Lage, wie sie sich mir jetzt darstellte, verursachte mir Herzweh.

»Sie nennen mich ›Mad Monkton‹!« rief Alfred aus und brach damit das Schweigen, das einige Minuten zwischen uns geherrscht hatte. »Hier und in England glauben alle, ich hätte den Verstand verloren, bis auf Ada. Sie ist mein Heil gewesen, und nun werden Sie es sein. Irgendeine Stimme sagte es mir, als ich Ihnen beim Spaziergang in der Villa Reale begegnete. Ich habe mich gesträubt gegen den heftigen Wunsch, der mich überkam, Ihnen mein Geheimnis anzuvertrauen; aber als ich Sie heute abend auf dem Ball sah, konnte ich nicht länger widerstehen; das Phantom selbst schien mich zu Ihnen zu ziehen, als Sie allein in jenem stillen Zimmer standen. Erzählen Sie mir mehr über Ihre Gedanken, wie man den Ort finden könnte, an dem das Duell ausgetragen wurde. Wenn ich morgen aufbreche, um selbst danach zu suchen, wohin muß ich als erstes gehen? Wohin?« Er brach ab; seine Kraft schwand sichtlich dahin, sein Verstand verwirrte sich. »Was soll ich tun? Ich kann mich nicht besinnen. Sie wissen alles – wollen Sie mir nicht beistehen? Mein Unglück hat mich unfähig gemacht, mir selbst zu helfen!«

Er hielt inne, murmelte etwas davon, wie alles fehlschlagen würde, falls er sich allein zur Grenze aufmachte und sprach ganz verstört von Verzögerungen, die sich als unheilvoll erweisen könnten; versuchte dann, den Namen »Ada« auszusprechen, wobei ihm jedoch bereits beim ersten Laut die Stimme versagte; wandte sich abrupt von mir ab und brach in Tränen aus.

Mein Mitleid für ihn war in diesem Augenblick stärker als

alle Besonnenheit, und ohne an die Verantwortung zu denken, die ich damit übernahm, versprach ich ihm sogleich, ihn in allem zu unterstützen, worum er mich bat. Der wilde Triumph in seiner Miene, als er aufsprang und meine Hand packte, zeigte mir, daß ich besser getan hätte, vorsichtiger zu handeln; jetzt aber war es zu spät, meine Worte zurückzunehmen. Das Beste, was mir zu tun übrigblieb, war der Versuch, ihn ein wenig zu beruhigen, um mich dann zu entfernen und allein und in Ruhe über die ganze Affäre nachzudenken.

»Ja, ja«, begann er von neuem, nachdem ich ein paar Worte gesprochen und ihn zu besänftigen versucht hatte, »haben Sie keine Angst um mich. Nach dem, was Sie mir Tröstliches gesagt haben, stehe ich für meine Kaltblütigkeit und Gefaßtheit in allen Gefahren ein. Ich bin die Erscheinung nun so lange gewohnt, daß ich ihre Gegenwart – von einigen wenigen Gelegenheiten abgesehen – kaum noch bemerke. Zudem besitze ich hier in diesem kleinen Päckchen von Briefen die Medizin für jede Krankheit des leidenden Herzens. Es sind Adas Briefe; ich lese sie immer dann, wenn meine Standhaftigkeit dem unseligen Geschick zu unterliegen droht. Jene halbe Stunde heute abend, bevor Sie kamen, habe ich gebraucht, um darin zu lesen; das versetzte mich in den Stand, Sie zu empfangen; und wenn Sie gegangen sein werden, werde ich sie wiederum lesen. Darum sorgen Sie sich nicht länger um mich. Ich weiß, daß ich mit Ihrer Hilfe mein Ziel erreichen werde, und Ada wird Ihnen danken, wie Sie es verdienen, wenn wir erst wieder in England sind. So Sie die törichten Menschen in Neapel davon reden hören, ich sei verrückt, machen Sie sich nicht die Mühe, ihnen zu widersprechen: dieser Skandal ist so verachtenswert, daß er sich am Ende selbst zum Widerspruch werden muß.«

Ich verabschiedete mich von ihm und versprach, am nächsten Tag wiederzukommen.
Als ich in mein Hotel zurückgelangt war, verspürte ich nach all dem, was ich gesehen und gehört hatte, nicht mehr die geringste Neigung zum Schlafen. Ich steckte meine Pfeife an, setzte mich ans Fenster – wie es doch meinen Kopf erfrischte, das stille Mondlicht zu betrachten! – und versuchte darüber nachzudenken, wie am besten vorzugehen sei. Vor allem schied jede Bitte um Hilfe an Ärzte oder Freunde Alfreds in England von vornherein aus. Ich selbst war nicht davon überzeugt, daß sein Verstand tatsächlich verwirrt genug war, um mir das Recht zu geben, sein Geheimnis, das er meiner Verschwiegenheit anvertraut hatte, dritten Personen zu entdecken. Auch würden alle Versuche meinerseits, ihn zur Aufgabe seines Plans zu bewegen, da ich ihm bereits unüberlegte Zusagen gemacht hatte, vergeblich bleiben. Nachdem ich zu diesen beiden Schlußfolgerungen gekommen war, blieb eine einzige, wirklich schwierige Frage, vor der ich ratlos stand: Handelte ich richtig, wenn ich ihn in seinem sonderbaren Vorhaben noch unterstützte?
Einmal angenommen, er fand mit meiner Hilfe Mr. Monktons Leichnam und nahm ihn mit zurück nach England – war es recht von mir, somit jene Eheschließung zu fördern, die diesen Ereignissen höchstwahrscheinlich folgen würde – eine Heirat, die, koste es, was es wolle, zu verhindern vielleicht Menschenpflicht war?
Dieser Gedanke ließ mich über das Ausmaß seiner Verrücktheit oder, um es milder und zugleich treffender auszudrücken, seiner Wahnvorstellungen nachsinnen. Ganz bestimmt war er in allen gewöhnlichen Dingen völlig bei Verstand; nein, in allen Teilen des Berichtes, den er mir an diesem Abend gegeben hatte, hatte er sich klar und

zusammenhängend geäußert. Was die Erzählung von der Erscheinung selbst anging, so hatten schon andere Männer, deren Verstand dem ihrer Nächsten in nichts nachstand, sich von Phantomen verfolgt geglaubt und sogar in hochtönenden philosophischen Spekulationen darüber verbreitet.

Es war klar, daß im vorliegenden Fall die eigentliche Halluzination in Monktons Glauben an die Wahrheit jener alten Prophezeiung lag und in der Idee, daß die eingebildete Erscheinung eine übernatürliche Warnung für ihn darstelle, sich deren Drohung zu entziehen. Und ebenso klar war, daß sich beide Wahnvorstellungen zunächst einmal durch das einsiedlerische Leben, das er geführt hatte, herausgebildet hatten, durch ein Leben, das nicht ohne Einfluß auf ein schon von Natur aus leicht erregbares Temperament geblieben war, das darüberhinaus durch eine vererbte Neigung zum Wahnsinn noch anfällig für Gemütskrankheiten war.

Gab es dafür eine Heilung? Miss Elmslie, die ihn weit besser kannte als ich, schien ihrem Verhalten nach daran zu glauben. Hatte ich irgendeinen Grund, ohne weiteres zu behaupten, daß sie irrte? Und angenommen, ich weigerte mich, mit ihm zur Grenze zu reisen – ganz gewiß würde er sich dann allein dorthin begeben, die schrecklichsten Fehler begehen und vielleicht alle möglichen Unfälle erleiden; während ich, ein müßiger Mensch, völlig Herr meiner Zeit, in Neapel blieb und ihn seinem Schicksal überließ, nachdem ich ihn erst auf den Gedanken zu dieser Expedition gebracht und ihn dazu ermutigt hatte, sich mir anzuvertrauen.

Auf diese Weise beschäftigten sich meine Gedanken wieder und wieder mit dieser Frage, wobei ich, wie ich hinzufügen möchte, ganz frei davon war, die Angelegenheit anders als von der rein praktischen Seite aus zu betrachten. Als Mensch, der Gespenstergeschichten aller Art spöttisch ge-

genübersteht, war ich fest davon überzeugt, daß Alfred sich täuschte, wenn er sich einbildete, die Erscheinung seines Onkels bereits erblickt zu haben, ehe die Nachricht von Mr. Monktons Tod England überhaupt erreichte; darum war ich auch nicht im mindesten von den Wahnvorstellungen meines unglücklichen Freundes angesteckt, als ich schließlich und zwar durchaus aus freiem Willen den Entschluß faßte, ihn auf seiner absonderlichen Suche zu begleiten. Vielleicht war es meine damalige, ein wenig wahllose Neigung zu Abenteuern aller Art, die zu meinem Entschluß beitrug; aber ich muß, um auch mir selbst gegenüber gerecht zu sein, doch ergänzen, daß ich auch aus aufrichtigem Mitgefühl für Monkton handelte, dazu aus dem ehrlichen Wunsch heraus, die Sorge des armen Mädchens zu lindern, das fern in England noch immer so treulich auf ihn wartete und für ihn hoffte.

Gewisse Anordnungen, die unsere Abreise einleiteten und die zu treffen ich mich nach einer weiteren Unterredung mit Alfred veranlaßt sah, enthüllten den meisten unserer neapolitanischen Freunde den Zweck unserer Reise. Es verstand sich von selbst, daß das allgemeine Erstaunen grenzenlos war, und der fast von allen geteilte Verdacht, daß ich auf meine Art genauso verrückt sein mußte wie Monkton selbst, zeigte sich selbst in meiner Gegenwart recht deutlich. Einige Leute versuchten sogar, mich von meinem Entschluß abzubringen, indem sie mir erzählten, was für ein gewissenloser Schurke Stephen Monkton gewesen wäre – so als hätte ich ein eigenes, persönliches Interesse daran, seine sterblichen Überreste aufzuspüren! Spott jedoch beeindruckte mich genausowenig wie Einwendungen der letzteren Art; ich hatte meine Entscheidung getroffen und war schon damals ein ebenso hartnäckiger Mensch wie heute.

Binnen zwei Tagen hatte ich alles besorgt und die Reisekutsche einige Stunden früher, als ursprünglich vereinbart, bestellt. Unsere englischen Bekannten hatten uns gutmütig mit einem »Abschiedsgruß« gedroht, und ich hielt es für wünschenswert, diesen um meines Freundes willen zu vermeiden; denn die Reisevorbereitungen hatten ihn ohnehin mehr erregt, als mir lieb war. Also verließen wir Neapel ganz heimlich kurz nach Sonnenaufgang, ohne daß uns auf den Straßen eine Menschenseele nachstarrte.
Ich glaube, niemanden wird es verwundern, daß ich einige Schwierigkeiten damit hatte, mir über meine eigene Haltung in dieser Angelegenheit klar zu werden. Instinktiv schrak ich davor zurück, auch nur einen einzigen Tag vorauszuplanen, als ich nun in Gesellschaft von ›Mad Monkton‹ aufbrach, um die Grenze des römischen Staatsgebietes in ihrer vollen Länge nach der Leiche eines toten Duellanten abzusuchen.

5. Kapitel

Ich hatte bei mir beschlossen, am besten die Stadt Fondi, nahe der Grenze, zu unserem ersten Hauptquartier zu bestimmen; und mit Hilfe der Gesandtschaft hatte ich dafür gesorgt, daß der Bleisarg, in seiner zugenagelten Packkiste sicher aufbewahrt, uns bis dorthin folgte. Außer unseren Pässen waren wir mit Empfehlungsschreiben an die örtlichen Behörden der meisten bedeutenderen Grenzstädte wohlversehen; und vor allem stand uns, dank Monktons riesigem Vermögen, genügend Geld zur Verfügung, um uns überall dort, wo wir suchen wollten, die Dienste aller Personen zu sichern, deren Unterstützung wir wünschten. Diese verschiedenen Hilfsmittel garantierten, daß wir ganz nach unserem Wunsch handeln konnten – immer vorausgesetzt, daß es uns gelang, die Leiche des toten Duellanten wirklich zu entdecken. Allerdings waren in dem höchst wahrscheinlichen Falle eines Mißlingens unsere Zukunftsaussichten – und zwar umsomehr, nachdem ich selbst hier eine Verantwortung übernommen hatte – alles andere als verheißungsvoll. Ich gestehe, daß mir unbehaglich, ja beinahe hoffnungslos zumute war, als wir im blendenden italienischen Sonnenlicht auf der Straße nach Fondi dahinfuhren.

Wir machten eine bequeme Zweitagesreise daraus; Monktons wegen hatte ich darauf bestanden, die Strecke langsam zurückzulegen.

Am ersten Tag versetzte mich der ungewöhnlich erregte Zustand meines Gefährten in einige Unruhe; er zeigte häufiger Merkmale eines verwirrten Gemütszustandes, als ich sie bislang bei ihm beobachtet hatte. Am zweiten Tag jedoch schien er sich an die neue Form der Suche gewöhnt zu haben und ihr mit ruhiger Überlegung zu begegnen und war mit einer einzigen Ausnahme recht heiter und gelassen; nur wenn sein toter Onkel zur Sprache kam, beharrte er noch immer – aufgrund der alten Prophezeiung und unter dem Einfluß der Vision – darauf, daß der Leichnam, wo immer er auch sein mochte, bisher nicht begraben wäre. In allem anderen gab er mir mit größter Bereitwilligkeit und Fügsamkeit nach; hierauf aber beharrte er mit einem Starrsinn, der Vernunft und Überzeugungskraft gleichermaßen trotzte.

Am dritten Tag machten wir in Fondi Rast. Die Packkiste mit dem Sarg traf ebenfalls dort ein und wurde an einem sicheren Orte, hinter Schloß und Riegel, untergebracht. Wir mieteten einige Maultiere und fanden einen Mann als Führer, der sich in der Gegend vorzüglich auskannte. Mir kam der Gedanke, daß wir besser daran taten, den wirklichen Zweck unserer Reise nur wenigen, wahrhaft zuverlässigen Personen, wie wir sie unter den gebildeteren Ständen finden mochten, anzuvertrauen. Deshalb folgten wir in einer Hinsicht dem Beispiel jener unseligen Duellgesellschaft, indem wir nämlich am frühen Morgen des vierten Tages mit Skizzenbüchern und Farbkästen aufbrachen, als wären wir nichts weiter als Künstler auf der Suche nach malerischen Szenen.

Nachdem wir, noch vor der römischen Grenze, einige Stunden in nördlicher Richtung geritten waren, hielten wir, um uns und unseren Maultieren eine Rast zu gönnen, in einem öden Dörfchen an, weit ab von den gängigen Reisewegen.

Die einzige Person des Ortes von auch nur einiger Bedeutung war der Priester, und bei ihm zog ich auch meine ersten Erkundigungen ein. Monkton hatte ich bei dem Führer gelassen, damit er dort meine Rückkehr erwarte. Ich sprach das Italienische für meine Zwecke fließend und korrekt und kam mit äußerster Höflichkeit und Vorsicht auf mein Anliegen zu sprechen; aber trotz aller Mühe, die ich mir gab, gelang es mir nur, den armen Priester mit jedem neuen Wort, das ich aussprach, noch mehr zu verängstigen und zu verstören. Die Vorstellung einer Duellgesellschaft und eines toten Mannes schien ihm vor lauter Furcht den Verstand zu rauben. Er beugte das Haupt, trat unruhig von einem Fuße auf den anderen, hob den Blick zum Himmel, zuckte dann recht erbarmungswürdig die Achseln und erklärte mir mit hastiger italienischer Weitschweifigkeit, er hätte nicht die leiseste Ahnung, wovon ich überhaupt redete. Das war mein erster Fehlschlag. Ich gestehe, daß ich schwach genug war, mich ein wenig entmutigt zu fühlen, als ich zu Monkton und dem Führer zurückging.

Als die Mittagshitze vorüber war, setzten wir unsere Reise fort.

Etwa drei Meilen von dem Dorf entfernt gabelte sich der Weg, oder besser die Karrenspur, in zwei Richtungen. Unser Führer erklärte uns, daß der Pfad zur Rechten hinauf in die Berge zu einem etwa sechs Meilen von hier liegenden Kloster führte. Wenn wir von dort aus weiterritten, würden wir nach kurzer Zeit die neapolitanische Grenze erreichen. Der Weg nach links dagegen führte weit in römisches Gebiet hinein und würde uns zu einer kleinen Stadt bringen, in der wir übernachten konnten. Nun schien uns das römische Gebiet das erste und geeignetste für unsere Nachforschungen zu sein, und falls wir unverrichteter Dinge nach Fondi zurückkehrten, konnten wir immer noch das Kloster aufsuchen. Zudem führte der Weg zur Linken durch den weiträumigsten Teil der Gegend, mit deren Erkundung wir begonnen hatten, und ich war immer dafür, als erstes die größte Schwierigkeit in Angriff zu nehmen. Also entschieden wir mannhaft, daß wir uns nach links wenden wollten. Die Expedition, die die Folge dieses Entschlusses war, dauerte eine volle Woche und brachte keinerlei Ergebnisse. Wir entdeckten nicht die geringste Spur und kamen so gänzlich ratlos wieder in Fondi an, daß wir nicht wußten, wohin wir als nächstes unsere Schritte lenken sollten.

Jedoch weit mehr als unser Mißerfolg beunruhigte mich die Wirkung unseres Scheiterns auf Monkton. Kaum hatten wir unseren Rückweg angetreten, schien seine Entschlußkraft ihn ganz und gar zu verlassen. Anfänglich reizbar und launisch, wurde er dann schweigsam und verzagt. Endlich verfiel er in eine körperliche und geistige Lethargie, die mich ernstlich erschreckte. Am Morgen nach unserer Rückkehr nach Fondi zeigte er eine merkwürdige Neigung, ununterbrochen zu schlafen, die mich eine körperliche Erkrankung seines Gehirns vermuten ließ. Den ganzen Tag wechselte er kaum ein Wort mit mir und schien überhaupt niemals völlig wach zu sein. Sein Diener, der uns begleitete, berichtete mir, daß Alfred bereits in Wincot Abbey, noch zu Lebzeiten seines Vaters, ein- oder zweimal ähnliche Symptome geistiger Erschöpfung gezeigt hätte. Diese Auskunft machte mir das Herz leichter und gab meinem Verstand die Freiheit, sich wieder mit dem Anliegen zu befassen, das uns nach Fondi gebracht hatte.

Ich nahm mir vor, die Zeit, bis mein Gefährte sich wieder besser fühlen würde, zu nutzen, um unsere Suche allein fortzusetzen. Jener Pfad zur Rechten, der nach dem Kloster führte, war noch nicht erkundet; begab ich mich dorthin und folgte ihm, so brauchte ich Monkton nicht mehr als eine Nacht alleinzulassen und könnte ihm bei meiner Rückkehr zumindest die beruhigende Gewißheit geben, daß eine Unklarheit mehr über den Ort des Zweikampfes beseitigt war. Diese Überlegungen gaben den Ausschlag. Ich hinterließ für den Fall, daß er nach meinem Verbleib fragen würde, eine Nachricht für meinen Freund und begab mich ein zweites Mal nach dem Dorf, bei dem wir zu Beginn unserer ersten Expedition Rast gemacht hatten.

Da ich vorhatte, zu Fuß nach dem Kloster zu gehen, trennte ich mich an der Weggabelung von Führer und Maultieren und überließ es ihnen, sich zurück ins Dorf zu begeben und dort meine Rückkehr zu erwarten.

Die ersten vier Meilen stieg der Pfad in offenem Gelände sanft an. Doch übergangslos wurde er sehr viel steiler und führte mich tiefer und tiefer ins Dickicht und in endlose Wälder hinein. Als mir meine Uhr bestätigte, daß ich die angegebene Entfernung annähernd zurückgelegt haben mußte, fand ich meine Sicht nach allen Seiten versperrt, und selbst den Himmel über mir verdeckte ein undurchdringlicher Schirm aus Blättern und Zweigen. Noch immer folgte ich meinem einzigen Führer, dem steilen Pfad. Zehn Minuten später trat ich plötzlich auf leidlich freies und ebenes Gelände hinaus und sah das Kloster vor mir liegen.

Es war ein düsterer, bedrückender, unheimlich wirkender Ort. Nirgendwo gab es Zeichen von Leben oder Bewegung. Grüne Streifen zogen sich überall an der einstmals weißen Fassade der Kapelle hinunter. In allen Fugen der dicken, finsteren Mauer, die das Kloster umgab, wucherte dichtes Moos. Langes, kraftloses Unkraut wuchs aus den Ritzen von Dach und Mauerkronen und tief herunterhängend wehte es müde in die vergitterten Fenster der Dormitorien hinein und wieder hinaus. Selbst das Kreuz gegenüber dem Eingangstor, an das eine erschreckend lebensgroße Holzfigur genagelt war, wimmelte unten am Sockel von kriechendem Gewürm und sah von oben bis unten so schleimig, grünlich und verfault aus, daß ich entsetzt davor zurückschrak.

Am Tor hing ein Glockenzug mit zerbrochenem Griff. Ich ging darauf zu – zögerte, ich wußte selbst nicht, warum – schaute wieder hinüber zum Kloster – und wanderte dann um das Gebäude herum, teils, um erst einmal in Ruhe darüber nachzudenken, was ich als nächstes beginnen sollte, teils aus einer unerklärlichen Neugier heraus, die, mir selbst sonderbar, mich drängte, alles anzuschauen, was es rund um das Kloster zu sehen gab, ehe ich mich bemühte, am Tor Einlaß zu finden.
Auf der Hinterseite des Klosters stieß ich auf einen an die Mauer angebauten Schuppen – ein primitives, halbverfallenes Gemäuer, dessen Dach zum größten Teile eingesunken war und in dessen einer Seitenwand, wo früher höchstwahrscheinlich ein Fenster gewesen war, sich ein großes unregelmäßiges Loch befand. Hinter diesem Schuppen standen die Bäume noch enger beisammen. Als ich meinen Blick auf sie richtete, war es mir unmöglich, zu erkennen, ob das Gelände anstieg oder abfiel, ob es grasig, erdig oder felsig war. Ich konnte nichts sehen als die alles überwuchernden Blätter, Dornsträucher, Farne und das hohe Gras.
Kein Laut unterbrach die lastende Stille. Aus der Blätterwildnis ringsum stieg kein Vogeltriller; keine Stimmen ertönten aus dem Klostergarten hinter der finsteren Mauer; keine Glocke läutete vom Turm der Kapelle; in dem verfallenen Schuppen bellte kein Hund. Das tödliche Schweigen machte die unbeschreibliche Einsamkeit des Ortes noch tiefer. Ich fühlte, wie sie begann, sich auf mein Gemüt zu legen, umso stärker, als ich es noch nie geliebt habe, im Wald spazierenzugehen. Jene Art ländlichen Glücks, von dem die Dichter so häufig schwärmen, wenn sie das Leben im Walde besingen, hat für mich zu keiner Zeit auch nur die Hälfte des Zaubers besessen, den das Leben im Gebirge oder in der

Ebene mir bietet. Halte ich mich im Wald auf, so vermisse ich die grenzenlose Lieblichkeit des Himmels und die köstliche Weichheit, die die Entfernung dem Blick auf die Erde unter uns verleiht. Ich empfinde die Veränderung als bedrückend, die die freie Luft erleidet, wenn sie sich unter den Blättern gefangen findet; und das geheimnisvolle stille Licht, das mit solch seltsamem Glanz in den dunklen Räumen zwischen den Bäumen schimmert, erfüllt mich eher mit Furcht als mit Wohlbehagen. Man mag mich als einen Menschen ohne Geschmack und gehöriges Feingefühl für die wundersamen Schönheiten der Flora verurteilen, aber ich muß offen gestehen, daß ich niemals tiefer in den Wald eindringe, ohne das Gefühl zu haben, daß das Herauskommen den angenehmsten Teil meiner Wanderung darstellt – das Herauskommen auf die kahlste Düne, den wildesten Berghang, den ödesten Gipfel – das Herauskommen, wo es auch sei, dort, wo ich den Himmel über mir und das weite Land vor mir sehe, soweit mein Auge reicht.
Nach diesem Geständnis, wie ich es soeben abgelegt habe, wird es gewiß niemanden überraschen, daß ich, als ich vor dem verfallenen Schuppen stand, die allergrößte Lust verspürte, stehenden Fußes umzukehren und den Wald auf dem schnellsten Wege zu verlassen. Tatsächlich hatte ich mich bereits zum Gehen gewendet, als die Erinnerung an die Aufgabe, die mich überhaupt hierher geführt hatte, mich plötzlich zurückhielt. Es schien ungewiß, ob man mir, wenn ich läutete, Einlaß in das Gebäude gewähren würde; und falls man mich überhaupt empfing, mehr als zweifelhaft, ob die Bewohner mir bezüglich der Auskunft, die ich suchte, irgendeinen Hinweis geben konnten. Freilich war es meine Pflicht Monkton gegenüber, nichts unversucht zu lassen, ihm in seinem verzweifelten Unterfangen beizustehen; und so beschloß ich, wieder zur Vorderseite des Klo-

sters zu gehen und, komme, was da wolle, die Torglocke zu läuten.

Es war der reinste Zufall, daß ich, als ich an der Seite des Schuppens vorbeiging, in der das aufgerissene Loch gähnte, einen Blick nach oben warf. Dabei fiel mir auf, daß die Öffnung ungewöhnlich hoch in der Mauer saß.

Als ich stehenblieb, um die Sache genauer zu betrachten, schien die drückende Atmosphäre des Waldes sich noch unangenehmer als zuvor auf mich zu legen.

Ich wartete eine Minute und löste meine Halsbinde.

Drückend? Gewiß war es mehr als das. Die Luft war meiner Nase noch widriger als meinen Lungen. Sie war voll von einem schwachen, unbeschreiblichen Geruch – einem Geruch, den ich nie im Leben gerochen hatte – einem Geruch, der sich, so stellte ich fest (jetzt, da ich ihm meine Aufmerksamkeit widmete), mit immer stärkerer Sicherheit zu seinem Ursprung zurückverfolgen ließ, je näher ich dem Schuppen kam.

Als ich dieses Experiment ein paarmal wiederholt hatte und meiner Sache sicher war, erwachte meine Neugier. Überall um mich herum lagen Bruchstücke von Steinen und Ziegeln. Ich suchte ein paar davon zusammen und stapelte sie unter dem Loch auf. Ein wenig beschämt über mein Benehmen kletterte ich dann hinauf und spähte in den Schuppen.

Der grauenhafte Anblick, der sich mir beim ersten Blick durch die Öffnung aufdrängte, steht noch heute so deutlich vor meinem inneren Auge, als wäre es gestern gewesen. Selbst nach so langer Zeit kann ich kaum davon schreiben, ohne daß ein Erschauern des alten Entsetzens mich bis ins Mark durchfährt.

Mein erster Eindruck war der eines langen, liegenden Gegenstandes, ganz und gar von einer hellen, blauen Farbtö-

nung, der auf einer Art Gestell ausgestreckt war und eine gewisse fürchterliche, nur halb wahrnehmbare Ähnlichkeit mit Gesicht und Gestalt eines Menschen aufwies. Ich blickte ein zweites Mal hinab und vergewisserte mich dieser Tatsache. Da waren die Vorsprünge von Stirn, Nase und Kinn, verschwommen und wie unter einem Schleier – hier der runde Umriß der Brust und die Vertiefung darunter – dort die Kniespitzen und die steifen, gräßlichen, aufwärts gerichteten Füße. Ich sah wieder und noch aufmerksamer hin. Meine Augen begannen sich an das trübe Licht zu gewöhnen, das durch das zerfallene Dach drang; und ich überzeugte mich davon, daß ich, der großen Länge des Körpers nach zu urteilen, auf den Leichnam eines Mannes blickte – einen Leichnam, über den man anscheinend ein Laken gebreitet hatte – und der so lange unter freiem Himmel auf diesem Gestell gelegen und gemodert hatte, daß das Leintuch den leichenhaften hellblauen Farbton von Schimmel und Verwesung angenommen hatte, der es jetzt bedeckte.
Wie lange ich dort stehenblieb, die Augen auf jenes furchtbare Bild des Todes geheftet, auf jenes grablose, grauenvolle Wrack eines menschlichen Wesens, das die stille Luft verpestete und selbst das schwach einfallende Licht, das es erst sichtbar werden ließ, zu beflecken schien – ich weiß es nicht. Ich besinne mich auf ein dumpfes, fernes Geräusch unter den Bäumen, als erhebe sich ein leichter Wind – an die langsame, fast schleichende Annäherung dieses Geräuschs an meinen Standort – an das lautlos wirbelnde Herabsinken eines toten Blattes durch das Loch im Schuppendach auf den Leichnam unter mir – und an die sofortige Wirkung, die selbst jene winzige, zufällige Veränderung des Anblicks durch das fallende Blatt auf mich ausübte – meine Lebensgeister erwachten wieder, die ungeheure Anspannung meines Gehirns ließ nach. Ich stieg hinab, setzte mich auf den Steinhaufen und

wischte mir den heftigen Schweiß ab, der mein Gesicht bedeckte und den ich dabei zum ersten Mal bemerkte. In diesem Augenblick erschütterte mich nicht allein der grauenhafte Anblick, der sich mir so unvermutet aufgedrängt hatte; sondern auch Monktons Vorhersage, daß wir den Leichnam seines Onkels, sollte es uns gelingen, ihn zu entdecken, unbeerdigt finden würden, war mir in derselben Sekunde, in der ich das Gestell und seine gräßliche Last gesehen hatte, wieder eingefallen. Im selben Augenblick war ich mir auch sicher, daß ich den Toten gefunden hatte – die alte Prophezeiung schoß mir durch den Kopf – eine seltsame, mitleidige Sorge, eine unbestimmte Vorahnung kommenden Unheils, ein unerklärliches Entsetzen, die ich empfand, als ich an den armen Burschen dachte, der in der fernen Stadt auf meine Rückkehr wartete, erfüllten mich mit dem Schauer abergläubischer Furcht, raubten mir Urteilsvermögen und Entschlußkraft und ließen mich, als ich endlich wieder richtig zu mir gekommen war, schwach und schwindlig zurück wie nach einem Anfall lähmender körperlicher Schmerzen.

Ich eilte nach vorn zum Klostertor und riß ungeduldig an der Glocke – wartete eine kleine Weile und läutete noch einmal – endlich vernahm ich Schritte.

In der Mitte des Tores, just in Augenhöhe, gab es ein kleines Schiebefensterchen, das nur wenige Zoll breit war und gleich darauf von innen zur Seite geschoben wurde. Durch ein kleines Eisengitter erkannte ich zwei ausdruckslose, hellgraue Augen, die mich mit leerem Blick anstarrten, und hörte eine schwache, heisere Stimme fragen:

»Was belieben Sie zu wünschen?«

»Ich bin ein Reisender –«, begann ich.

»Wir leben an einem elenden Orte. Wir haben nichts, das wir Reisenden zeigen könnten.«

»Ich bin nicht hergekommen, um etwas zu besichtigen. Ich habe eine wichtige Frage und glaube, daß man sie mir in diesem Kloster beantworten kann. Wenn Sie mich nicht hereinlassen möchten, so kommen Sie wenigstens heraus und sprechen Sie dort mit mir.«
»Sind Sie allein?«
»Ganz und gar.«
»Sind keine Frauen bei Ihnen?«
»Keine.«
Langsam wurde das Tor entriegelt, und ein alter Kapuziner, äußerst hinfällig, ungemein mißtrauisch und sehr schmutzig, stand vor mir. Ich war viel zu erregt und ungeduldig, um Zeit auf einleitendes Geschwätz zu verschwenden; darum erzählte ich dem Mönch sofort, daß ich durch das Loch im Schuppen geschaut und was ich darin gesehen hatte und fragte ihn in unmißverständlichen Worten, wer der Mann wäre, dessen Leichnam ich dort erblickt und warum man die Leiche nicht bestattet hätte.
Der alte Kapuziner hörte mich mit wäßrigen, mißtrauisch blinzelnden Augen an. Er hatte eine zerbeulte, blecherne Schnupftabakdose in der Hand, und während ich redete, jagte er die ganze Zeit, ohne auch nur eine Sekunde innezuhalten, mit Daumen und Zeigefinger ein paar verstreuten Körnchen Schnupftabak im Innern dieser Dose nach. Als ich fertig war, schüttelte er sein Haupt und erklärte, es wäre in der Tat ein häßlicher Anblick dort in ihrem Schuppen, einer der häßlichsten Anblicke, davon wäre er überzeugt, den ich wohl je im Leben gesehen hätte!
»Ich habe nicht den Wunsch, diesen Anblick zu erörtern«, unterbrach ich ihn ungeduldig, »ich will wissen, wer der Mann war, wie er starb und warum man ihn nicht gebührend begraben hat. Können Sie mir das sagen?«
Daumen und Zeigefinger des Mönchs hatten es endlich ge-

schafft, drei oder vier Körnchen Schnupftabak einzufangen. Langsam führte er sie in seine Nüstern, wobei er sich die Dose unter die Nase hielt, um nur ja kein Körnchen zu verlieren, schnüffelte ein paarmal genießerisch, schloß dann die Dose und schaute mich wieder an, wobei seine Äuglein noch mehr trieften und viel mißtrauischer blinzelten als vorher.

»Ja«, sagte der Mönch, »das ist ein häßlicher Anblick dort in unserem Schuppen – wirklich ein häßlicher Anblick, ganz gewiß!«

Nie im Leben ist es mir so schwer gefallen, meinen Gleichmut zu bewahren wie in diesem Augenblick. Dennoch gelang es mir, eine höchst respektlose Bemerkung über Mönche im allgemeinen, die mir bereits auf der Zunge lag, zu unterdrücken; stattdessen nahm ich einen zweiten Anlauf, den Alten aus seiner Reserve, die mich zur Weißglut brachte, zu locken. Zum Glück für meine Erfolgsaussichten schnupfte ich selber und führte in der Tasche eine Dose mit vorzüglichem englischem Schnupftabak bei mir. Ich zog sie hervor, um ihn damit zu bestechen. Es war mein letztes Mittel.

»Gerade eben schien er mir, als wäre Ihre Dose leer«, bemerkte ich. »Wollen Sie eine Prise aus der meinen versuchen?«

Mit einer Bewegung von fast jugendlicher Behendigkeit wurde dieses Angebot angenommen. Der Kapuziner nahm die größte Prise, die ich je zwischen eines Mannes Daumen und Zeigefinger gesehen habe, zog sie langsam ein, ohne ein einziges Körnchen zu verlieren – schloß die Augen halb – wackelte milde mit dem Kopf und klopfte mir dann väterlich auf den Rücken.

»Oh, mein Sohn!« sprach der Mönch, »welch köstlicher Schnupftabak! Oh, mein Sohn und liebenswürdiger Rei-

sender, geben Sie Ihrem geistlichen Vater, der Sie liebt, noch eine winzige, winzige Prise!«
»Erlauben Sie, daß ich Ihre Dose fülle. Es bleibt mir noch genug übrig.«
Noch ehe ich ausgeredet hatte, wurde mir die zerbeulte blecherne Schnupftabakdose hingestreckt – die väterliche Hand klopfte mir noch beifälliger auf den Rücken – die schwache, heisere Stimme verkündete geschmeidig und beredt mein Lob. Offensichtlich hatte ich die schwache Seite des alten Kapuziners entdeckt, und als ich ihm seine Dose zurückreichte, nutzte ich diese Entdeckung sofort aus.
»Verzeihen Sie, wenn ich Sie nochmals mit diesem Gegenstand belästige«, begann ich, »aber ich habe besondere Gründe, alles hören zu wollen, was Sie mir zur Erklärung jenes schrecklichen Anblicks dort im Schuppen berichten können.«
»Kommen Sie herein«, antwortete der Mönch.
Er zog mich durch das Tor, verschloß es und ging dann vor mir her über einen von Gras überwachsenen Hof, neben dem ein verwilderter Küchengarten lag. Dann führte er mich in einen langgestreckten Raum mit niedriger Decke, einer schmutzigen Anrichte, einigen roh gezimmerten Kirchenstühlen und ein paar grimmig dreinblikkenden, verschimmelten Porträts, die den Raumschmuck bildeten. Das war die Sakristei.
»Es ist niemand hier, und es ist schön kühl«, bemerkte der alte Kapuziner. Es war so feuchtkalt, daß ich buchstäblich zitterte. »Möchten Sie die Kirche anschauen?« fragte der Mönch. »Ein Juwel von einer Kirche, wenn wir sie nur reparieren lassen könnten; aber wir können es nicht. Ach! Fluchwürdiges Elend! Wir sind zu arm, um unsere Kirche instandzuhalten!«

Dabei schüttelte er sein Haupt und begann mit einem großen Schlüsselbund zu rasseln.
»Lassen wir die Kirche beiseite!« erklärte ich. »Können Sie mir sagen, was ich wissen will, oder können Sie es nicht?«
»Alles, von Anfang bis Ende – wirklich alles! Habe ich nicht die Torglocke bedient? Ich bediene hier immer die Torglocke«, erwiderte der Kapuziner.
»Und was in Gottes Namen hat die Torglocke mit dem unbestatteten Leichnam in Ihrem Schuppen zu schaffen?«
»Hören Sie mir nur zu, o mein Sohn, und Sie sollen es erfahren. Vor einiger Zeit – vor ein paar Monaten – ach, wie alt bin ich doch; ich habe mein Gedächtnis verloren; ich weiß nicht mehr, vor wieviel Monaten – ach! ich Unglückseliger! Was bin ich doch für ein uralter, uralter Mönch!« Dabei tröstete er sich mit einer weiteren Prise meines Schnupftabaks.
»Kümmern Sie sich nicht um den genauen Zeitpunkt«, sagte ich. »Er ist mir nicht wichtig.«
»Gut«, erwiderte der Kapuziner. »Dann kann ich fortfahren. Also sagen wir, es ist vor einigen Monaten – wir hier im Kloster sind alle beim Frühstück – ein armseliges, elendes Frühstück, mein Sohn, gibt es in unserem Kloster! Wir sind beim Frühstück und hören, wie es zweimal päng! päng! macht. ›Schußwaffen‹, sage ich. ›Worauf schießen sie wohl?‹ fragt Bruder Jeremias. ›Wild‹, meint Bruder Vincentius. ›Aha! Wild!‹ erwidert Bruder Jeremias. ›Wenn ich es wieder höre, werde ich hinausschicken und feststellen lassen, was es bedeutet‹, sagt der Vater Abt. Aber wir hören nichts mehr und setzen unser elendes Frühstück fort.«
»Woher kam der Knall der Schußwaffen?« fragte ich.
»Von dort unten, hinter den großen Bäumen auf der Rückseite des Klosters, da, wo die kleine Lichtung ist – eine hübsche Lichtung, wenn man von den Wasserlachen und

Pfützen absieht. Aber, o Jammer! Wie feucht es doch in unserer Gegend ist! Wie ungemein, ungemein feucht!«

»Und was geschah nun nach den Schüssen?«

»Sie sollen es erfahren. Wir sind immer noch beim Frühstück, alle schweigend – denn wovon sollen wir hier schon reden? Was haben wir außer unseren Gottesdiensten, dem Küchengarten und unseren armseligen, armseligen Bissen Frühstück und Abendbrot? Ich sage Ihnen, wir sitzen alle still da, als plötzlich so laut an der Glocke gerissen wird, wie es kein Mensch je gehört hat – ein wahrhaft teuflisches Läuten – ein Läuten, daß uns allen der Bissen im Munde stekkenbleibt – der armselige, armselige Bissen! – und wir erstarren, noch ehe wir ihn hinunterschlucken können. ›Geh hin, mein Bruder‹, sagt der Vater Abt zu mir, ›geh, tu deine Pflicht – begib dich ans Tor!‹ Ich bin tapfer – ein wahrer Löwe von einem Kapuziner. Ich schleiche auf Zehenspitzen hinaus – ich warte – ich lausche – ich schiebe unseren kleinen Laden im Tor auf – ich warte, ich lausche nochmals – ich spähe durch die Öffnung – nichts, absolut nichts zu sehen. Ich bin tapfer – ich lasse mich nicht einschüchtern. Was beginne ich als nächstes? Ich öffne das Tor. Ach! Heilige Himmelsmutter, was sehe ich da quer über unserer Schwelle liegen? Einen Mann – tot – einen großen Mann, größer als Sie, größer als ich, größer als irgend jemand hier im Kloster – in einem vornehmen Mantel, bis oben zugeknöpft, mit schwarzen Augen, die nach oben starren, die in den Himmel starren; und Blut sickert aus seiner Brust, sikkert durch und durch. Was tue ich? Ich schreie einmal – ich schreie zweimal – und renne zurück zum Vater Abt!«

Alle Einzelheiten des tödlichen Duells, die ich in Neapel, in Monktons Zimmer der französischen Gazette entnommen hatte, traten sogleich lebhaft vor mein Gedächtnis. Der Verdacht, der mir beim Blick in den Schuppen gekommen war,

wurde, während ich den letzten Worten des alten Mönchs lauschte, zur Gewißheit.
»Bis hierher kann ich Ihnen folgen«, meinte ich nun. »Der Leichnam, den ich vorhin dort im Schuppen gesehen habe, ist derjenige des Mannes, den Sie tot vor Ihrem Tor gefunden haben. Aber sagen Sie mir doch, weshalb Sie den sterblichen Überresten kein ehrliches Begräbnis gegönnt haben?«
»Warten Sie – warten Sie – warten Sie!« antwortete der Kapuziner. »Der Vater Abt hört mich schreien und eilt heraus; wir alle rennen ans Tor; wir heben den großen Mann auf und betrachten ihn genau. Tot! so tot wie das hier.« (Dabei versetzte er der Anrichte einen Faustschlag.) »Wir schauen ihn wiederum an und sehen ein Stück Papier, das an seinem Mantelkragen befestigt ist. Aha! mein Sohn, da erschrecken Sie. Hatte ich es mir doch gedacht, daß ich Sie noch zum Erschrecken bringen würde!«
Ich war in der Tat erschrocken. Jenes Papier war ohne Zweifel das Blatt, von dem es im unvollendeten Bericht des Sekundanten hieß, er hätte es aus seinem Tagebuch gerissen und darauf eine Erklärung niedergeschrieben, wie der Tote ums Leben gekommen wäre. Wenn wir einen greifbaren Beweis brauchten, um den Leichnam zu identifizieren, so hatten wir ihn damit gefunden.
»Und was, glauben Sie, stand auf dem Stückchen Papier geschrieben?« fragte der Kapuziner. »Wir lesen und schaudern. Dieser Tote ist im Duell gefallen – er, der Verzweifelte, der Elende ist gestorben, während er eine Todsünde beging; und die Männer, die zugesehen haben, wie man ihn tötete, bitten uns Kapuziner, heilige Männer, Diener des Himmels, Kinder unseres Herrn, des Papstes – sie bitten *uns*, ihn zu bestatten! Oh! wie sind wir empört, als wir das lesen; wir stöhnen, ringen die Hände, wenden uns ab, raufen uns den Bart – wir –«

»Halten Sie einen Augenblick ein«, sagte ich, weil ich merkte, daß der Alte bei seinem Bericht in Erregung geriet und wahrscheinlich, wenn ich ihn nicht daran hinderte, mit immer größerer Beredsamkeit immer unsinnigeres Zeug schwatzen würde. »Warten Sie eine Sekunde. Haben Sie das Papier, das an den Mantel des Toten geheftet war, aufgehoben, und kann ich es sehen?«

Der Kapuziner schien mir gerade darauf antworten zu wollen, als er sich auf einmal unterbrach. Ich sah, wie seine Augen sich von meinem Gesicht abwandten und hörte im selben Augenblick, wie sich hinter mir leise eine Tür öffnete und wieder schloß.

Geschwind drehte ich mich um und bemerkte, daß ein zweiter Mönch die Sakristei betreten hatte – ein hochgewachsener, hagerer, schwarzbärtiger Mann, in dessen Gegenwart mein alter Freund mit der Schnupftabakdose urplötzlich ein höchst manierliches und frommes Wesen annahm. Ich vermutete, daß ich den Abt vor mir hatte, eine Annahme, deren Wahrheit sich sogleich bestätigte, als er das Wort an mich richtete.

»Ich bin der Abt dieses Klosters«, sagte er mit ruhiger, klarer Stimme und sah mir dabei mit kalten, wachsamen Augen gerade ins Gesicht. »Ich habe den letzten Teil Ihres Gesprächs gehört und möchte wissen, weshalb Ihnen so besonders viel daran liegt, das Stück Papier zu sehen, das am Mantel des Toten steckte.«

Die kühle Ruhe, mit der er zugab, gelauscht zu haben und die gelassene, befehlsgewohnte Art, in der er seine abschließende Frage stellte, verblüfften und beunruhigten mich. Ich wußte zunächst nicht recht, in welchem Ton ich ihm antworten sollte. Er bemerkte mein Zaudern, schrieb es jedoch einer falschen Ursache zu und machte dem alten Kapuziner ein Zeichen, sich zu entfernen. Demütig seinen langen, grauen Bart streichend und verstohlen zum Trost eine heimliche Prise des »köstlichen Schnupftabaks« greifend, schlurfte mein ehrwürdiger Freund aus dem Zimmer und machte an der Tür, bevor er verschwand, noch eine tiefe Verbeugung.

»Nun«, meinte der Abt so kalt wie zuvor, »ich erwarte Ihre Antwort, mein Herr.«

»Sie soll Ihnen werden, und zwar so knapp wie möglich«, sagte ich, indem ich ihm in seiner eigenen Tonart antwortete. »Ich stelle zu meinem Abscheu und Entsetzen fest, daß in einem zu Ihrem Kloster gehörenden Schuppen eine unbegrabene Leiche liegt. Ich halte diesen Leichnam für den eines englischen Gentleman von Rang und Vermögen, der in einem Zweikampf getötet wurde. Ich bin mit dem Neffen und einzigen Verwandten des Getöteten ausschließlich deshalb in diese Gegend gekommen, um dessen sterbliche Überreste zu suchen; und ich möchte das bei der Leiche gefundene Papier sehen, weil ich glaube, daß dieses Papier den Toten zur Zufriedenheit des soeben erwähnten Verwandten identifizieren wird. Finden Sie meine Antwort deutlich genug? Und beabsichtigen Sie, mir zu gestatten, einen Blick auf das Papier zu werfen?«

»Ich bin mit Ihrer Antwort zufrieden und sehe keinen Grund, Ihnen einen Blick auf das Papier zu verweigern«, erwiderte der Abt, »zuerst aber habe ich Ihnen etwas mitzuteilen. Als Sie den Eindruck erwähnten, den der Anblick der Leiche bei Ihnen hervorgerufen hat, verwendeten Sie die Worte ›Abscheu‹ und ›Entsetzen‹. Diese Nachlässigkeit des Ausdrucks in Verbindung mit Dingen, die Sie auf dem Gelände eines Klosters gesehen haben, beweist mir, daß Sie nicht im Schoße der heiligen katholischen Kirche leben. Sie haben deshalb nicht das Recht, eine Erklärung zu erwarten; aber trotzdem will ich Ihnen die Gunst einer solchen Erläuterung erweisen. Der Getötete starb ohne Absolution im Zustand der Todsünde. Das entnehmen wir dem Papier, das wir an seinem Körper fanden; und wir wissen durch das Zeugnis unserer eigenen Augen und Ohren, daß man ihn auf Kirchengelände getötet hat, und zwar durch eine Handlung, die unmittelbar gegen jene Sondergesetze über das Verbrechen des Duells verstößt, deren strikte Durchsetzung in seinem Herrschaftsgebiet der Heilige Vater den Gläubigen überall auf das dringlichste ans Herz gelegt hat, und zwar durch ein von ihm eigenhändig unterzeichnetes Sendschreiben. In diesem Kloster ist der Boden geheiligt, und es gehört nicht zu den Gepflogenheiten der katholischen Kirche, die von unserer Religion Ausgeschlossenen, die Feinde unseres Heiligen Vaters und die Widersacher unserer heiligsten Gesetze in geweihter Erde zu begraben. Außerhalb unseres Klosters aber besitzen wir weder Rechte noch Macht; und hätten wir sie, so würden wir doch nicht vergessen, daß wir Mönche und keine Totengräber sind, und daß die einzige Form der Bestattung, mit der wir uns überhaupt befassen können, die Beerdigung mit dem Segen der heiligen Kirche ist. Das ist alles, was ich an Erklärungen für notwendig halte. Warten Sie hier auf mich, und Sie sollen das Papier sehen.«

Mit diesen Worten verließ der Abt den Raum so leise, wie er ihn betreten hatte.

Ich hatte kaum Zeit, über diese bittere und unliebenswürdige Erklärung nachzudenken und über Sprache und Auftreten des Mannes, der sie mir hatte zukommen lassen, verärgert zu sein, als der Abt auch schon zurückkam, das Papier in der Hand. Er legte es vor mich auf die Anrichte, und ich las die folgenden, hastig mit Bleistift gekritzelten Zeilen:

Dieses Papier wird an der Leiche des verstorbenen Mr. Stephen Monkton, eines vornehmen Engländers, befestigt. Er fiel in einem Duell, das von beiden Seiten mit großer Tapferkeit und durch und durch ehrenhaft ausgetragen wurde. Sein Leichnam wird vor die Tür dieses Klosters gelegt, in der Hoffnung, daß dessen Bewohner ihn begraben werden, da die Überlebenden des Zweikampfes gezwungen sind, sich zu trennen und durch sofortige Flucht in Sicherheit zu bringen. Ich, der Sekundant des Getöteten und Verfasser dieser Erklärung, bezeuge mit meinem Wort als Ehrenmann, daß der Schuß, der meinen Duellanten sofort tötete, gemäß den Vorschriften abgefeuert wurde, und zwar in völliger Übereinstimmung mit den vorab festgelegten Regeln zur Durchführung des Duells.

(Gezeichnet) F.

Das »F.« identifizierte ich unschwer als den Anfangsbuchstaben des Namens von Monsieur Foulon, jenes Sekundanten, der in Paris an der Auszehrung gestorben war.
Damit waren Entdeckung und Identifizierung beendet. Nichts blieb mehr zu tun, als Alfred die Nachricht zu überbringen und die Genehmigung zu beschaffen, jene sterblichen Überreste aus dem Schuppen zu entfernen. Fast begann ich, an dem Zeugnis meiner eigenen Sinne zu zweifeln, wenn ich mir überlegte, daß das scheinbar unerreichbare Ziel, mit dem wir Neapel verlassen hatten, nun durch einen bloßen Zufall doch so gut wie erreicht war.
»Die Beweiskraft dieses Papiers ist unumstößlich«, bemerkte ich und reichte es zurück. »Es kann kein Zweifel bestehen, daß die sterbliche Hülle dort im Schuppen diejenige ist, nach der wir gesucht haben. Darf ich mich erkundigen, ob man uns Hindernisse in den Weg legen wird, sollte der Neffe des verstorbenen Mr. Monkton den Wunsch haben, die Leiche seines Onkels in die Familiengruft nach England zu überführen?«

»Wo befindet sich dieser Neffe?« fragte der Abt.
»Er wartet in der Stadt Fondi auf meine Rückkehr.«
»Kann er die Verwandtschaft nachweisen?«
»Gewiß; er verfügt über Papiere, die sie gänzlich zweifelsfrei erhärten.«
»So mag er dafür sorgen, daß die Zivilbehörden seinen Anspruch anerkennen; von uns braucht er keinerlei Schwierigkeiten zu erwarten.«
Ich war nicht in der Stimmung, mich auch nur einen Augenblick länger als unbedingt erforderlich mit meinem sauertöpfischen Gefährten zu unterhalten. Der Tag schritt schon eilig fort; und wenn es darüber auch Nacht wurde, ich war fest entschlossen, unterwegs keinen Augenblick zu rasten, bis ich wieder in Fondi war. Darum erklärte ich dem Abt, er möge damit rechnen, schon bald wieder von mir zu hören, machte ihm meine Verbeugung und eilte aus der Sakristei.
Am Klostertor stand mein alter Freund mit der blechernen Schnupftabakdose und wartete darauf, mich hinauszulassen.
»Gott segne Sie, mein Sohn«, meinte der ehrwürdige Klausner und klopfte mir zum Abschied auf die Schulter, »kommen Sie nur bald zurück zu Ihrem geistlichen Vater, der Sie liebt, und erfreuen Sie in Ihrer gütigen Art sein Herz mit einer weiteren, winzigen, winzigen Prise Ihres köstlichen Schnupftabaks.«

6. Kapitel

So schnell die Füße tragen wollten, eilte ich zurück in das Dorf, in dem ich die Maultiere zurückgelassen hatte, ließ die Tiere unverzüglich satteln und schaffte es tatsächlich, kurz vor Sonnenuntergang wieder in Fondi einzutreffen.

Als ich die Stufen zu unserem Hotel hinaufstieg, quälte mich die peinlichste Ungewißheit, wie ich Alfred die Nachricht von meiner Entdeckung am schonendsten mitteilen sollte. Gelang es mir nicht, ihn in der rechten Weise auf meine Neuigkeit vorzubereiten, so konnten die Folgen bei einer Verfassung wie der seinen lebensgefährlich sein. Noch als ich die Tür zu seinem Zimmer öffnete, war ich meiner selbst keineswegs sicher; und als ich vor ihm stand, überraschte mich die Art, wie er mich empfing, dermaßen, daß ich einen Augenblick gänzlich aus der Fassung geriet.

Jede Spur der Lethargie, in die er, als ich ihn zuletzt gesehen hatte, versunken gewesen war, schien verschwunden. Seine Augen glänzten, seine Wangen glühten. Als ich eintrat, schoß er in die Höhe und wies meine ausgestreckte Hand zurück.

»Sie haben mich nicht wie einen Freund behandelt«, erklärte er leidenschaftlich. »Sie hatten kein Recht, die Suche fortzusetzen, ohne daß ich Sie begleitete – Sie hatten kein Recht, mich allein hier zurückzulassen. Es war ein Fehler, Ihnen mein Vertrauen zu schenken: Sie sind nicht besser als alle anderen Leute auch.«

Ich hatte mich inzwischen ein wenig von meiner ersten Verblüffung erholt und konnte ihm antworten, noch bevor er weitersprach. In seinem augenblicklichen Zustand war es ohnehin sinnlos, mit ihm zu rechten oder mich zu verteidigen. Ich beschloß, alles aufs Spiel zu setzen und ihm meine Neuigkeit sofort mitzuteilen.

»Sie werden mich gerechter behandeln, Monkton, wenn Sie erfahren, daß ich Ihnen während meiner Abwesenheit einen großen Dienst geleistet habe«, begann ich. »Wenn ich mich nicht ganz und gar irre, so sind wir dem Ziel, um dessentwillen wir Neapel verlassen haben, näher als jemals zuvor.«

Fast übergangslos wich die Röte aus seinen Wangen. Irgendein Zug meines Gesichts oder ein Unterton meiner Stimme, deren ich mir selbst nicht bewußt war, hatten seiner nervös übersteigerten Wahrnehmung mehr vermittelt, als es zunächst in meiner Absicht gelegen hatte. Seine Augen bohrten sich in die meinen; seine Hand packte meinen Arm; und ungeduldig flüsterte er mir zu: »Sagen Sie mir unbedingt die Wahrheit. Haben Sie ihn gefunden?«

Es war zu spät, jetzt noch zu zaudern. Ich bejahte.

»Bestattet oder unbestattet?«

Bei dieser Frage wurde seine Stimme plötzlich ganz laut, und die freie Hand umklammerte meinen anderen Arm.

»Unbestattet.«

Kaum war das Wort über meine Lippen gekommen, als ihm auch schon das Blut in die Wangen zurückschoß; die Augen begannen erneut zu funkeln, und er sah mich an und brach in ein krampfhaftes, triumphierendes Gelächter aus, das mich ganz unaussprechlich erschreckte und entsetzte.

»Was habe ich Ihnen gesagt? Was halten Sie jetzt von der alten Prophezeiung?« rief er, ließ meine Arme fahren und ging mit großen Schritten im Zimmer auf und ab. »Gestehen Sie ein, daß Sie im Irrtum waren. Gestehen Sie es ein, so wie es ganz Neapel eingestehen soll, wenn ich ihn erst sicher im Sarg habe!«

Immer heftiger wurde sein Gelächter. Vergeblich suchte ich

ihn zu beruhigen. Sein Diener und der Gastwirt betraten das Zimmer, aber sie gossen nur Öl ins Feuer, und ich schickte sie wieder hinaus. Als ich hinter ihnen die Tür schloß, fiel mein Blick auf einen in der Nähe stehenden Tisch, wo das Päckchen mit Miss Elmslies Briefen lag, die mein unglücklicher Freund so sorgsam verwahrte und mit so treuer und inniger Liebe wieder und wieder las. Just als ich an diesem Tisch vorbeikam, schaute Alfred mich an und bemerkte die Briefe. Beim Anblick der gleich einem Schatz von ihm gehüteten Andenken, die ihn an seine verlobte Braut erinnerten, schien die neue Hoffnung auf eine Zukunft, die meine Nachricht in seinem Herzen geweckt hatte und in der die Schreiberin einen so bedeutenden Platz einnahm, in Sekundenschnelle Gewalt über ihn zu gewinnen. Sein Gelächter verstummte, seine Miene verwandelte sich, er sprang zu dem Tisch hinüber, ergriff die Briefe und sah einen Augenblick von ihnen zu mir mit einem so völlig veränderten Gesichtsausdruck, daß es mir ans Herz griff, sank dann neben dem Tisch auf die Knie, barg sein Gesicht auf den Briefen und brach in Tränen aus. Ich ließ dem neuen Gefühl seinen Lauf, ohne ihn zu stören, und verließ wortlos den Raum.

Als ich einige Zeit später zurückkam, fand ich ihn ruhig in seinem Stuhl sitzen. Er las einen der Briefe aus dem Päckchen, das auf seinem Knie lag. Seine Miene war die Freundlichkeit selbst; seine Bewegungen, als er sich erhob, um mir entgegenzugehen, waren von fast weiblicher Sanftheit; schüchtern streckte er mir die Hand entgegen.

Er hatte sich mittlerweile soweit beruhigt, daß er alle Einzelheiten des Berichtes, den ich ihm nun gab, gefaßt anhören konnte. Ich erzählte alles, nur die Beschreibung des Zustandes, in dem ich die Leiche vorgefunden hatte, unterließ ich. Auch nahm ich mir nicht das Recht heraus, darüber zu entscheiden, welche Rolle er bei unserem weiteren Vorgehen übernehmen sollte, nur bestand ich von vornherein darauf, daß er die alleinige Aufsicht beim Fortschaffen der Leiche mir überlassen und sich mit der Einsicht in Monsieur Foulons Papier begnügen sollte, nachdem ich ihm versicherte, daß die sterblichen Überreste mit völliger Sicherheit diejenigen wären, denen unsere Nachforschungen gegolten hatten.

»Ihre Nerven sind nicht so stark wie die meinen«, sagte ich gleichsam zur Entschuldigung für mein scheinbar diktatorisches Verhalten; »und deshalb muß ich um Ihre Einwilligung bitten, mir die Führung solange zu überlassen, bis ich den Sarg zugelötet und sicher in Ihren Händen sehe. Danach werde ich von allen meinen Verpflichtungen zurücktreten.«

»Mir fehlen die Worte, Ihnen für Ihre Güte zu danken«, antwortete er.

»Kein Bruder könnte sich liebenswürdiger verhalten oder mir mit größerer Geduld beigestanden haben als Sie.«

Er brach ab und wurde nachdenklich; er machte sich daran, das Päckchen mit Miss Elmslies Briefen langsam und sorgfältig zu verschnüren und blickte dann plötzlich mit dem seltsamen Gesichtsausdruck, dessen Bedeutung mir inzwischen nur allzu vertraut war, auf die leere Wand hinter meinem Rücken. Seit unserer Abreise aus Neapel hatte ich es vorsätzlich vermieden, ihn in Unruhe zu versetzen, indem ich das sinnlose und erschreckende Thema der Erscheinung ansprach, von der er sich nach wie vor ständig verfolgt glaubte. Im Augenblick jedoch wirkte er so ruhig und gelassen – so wenig in Gefahr, durch eine Erwähnung des gefährlichen Gegenstandes in heftige Gemütsbewegung zu geraten –, daß ich es wagte, kühn die Rede darauf zu bringen.

»Erscheint Ihnen denn das Phantom noch immer«, fragte ich, »so wie es Ihnen in Neapel erschienen ist?«

Er sah mich an und lächelte.
»Sagte ich Ihnen nicht, daß es mir überallhin gefolgt ist?«
Seine Augen schweiften von neuem zu dem leeren Fleck hinüber, und er sprach nun auch in diese Richtung, als setze er die Unterhaltung mit einer dritten Person im Raum fort.
»Wir werden voneinander scheiden«, erklärte er langsam und mit leiser Stimme, »wenn der leere Platz in der Gruft von Wincot nicht mehr leer ist. Dann werde ich mit Ada in der Kapelle der Abtei vor dem Altar stehen; und wenn mein Blick dem ihren begegnet, wird jenes gequälte Gesicht nicht mehr zwischen uns sein.«
Nach diesen Worten stützte er den Kopf in die Hand, seufzte und begann leise die Zeilen der alten Prophezeiung zu wiederholen:

Harrt in Wincot letzte Rast
leer auf einen Monkton-Gast.
der kein Grab fand und im Blut
unter freiem Himmel ruht,
der, zu Hause reich an Land,
hier nicht sechs Fuß Erde fand –
soll dies Zeichen sein der Wende:
Monktons Linie geht zu Ende.
Immer schneller sinkt ihr Stern
bis zu Monktons letztem Herrn;
Erbe wird ihm nicht geboren,
Monktons Sippe ist verloren.

Mir kam es vor, als spräche er die letzten Worte ein wenig stockend aus, und ich bemühte mich, das Thema zu wechseln. Aber er achtete nicht auf meine Worte, sondern fuhr fort, vor sich hinzureden.
»Monktons Sippe ist verloren!« wiederholte er, »aber nicht mit *mir*. Nicht länger schwebt dieses tödliche Verhängnis

über *meinem* Haupte. Ich werde den unbegrabenen Toten bestatten; ich werden den leeren Platz in der Gruft von Wincot füllen. Und dann – dann das neue Leben, das Leben mit Ada!« – Dieser Name schien ihn wieder zu sich zu bringen. Er zog sein Reiseschreibpult heran, legte das Briefpäckchen hinein und nahm dann einen Bogen Papier zur Hand. »Ich werde an Ada schreiben«, sprach er zu mir gewandt, »und ihr die frohe Botschaft mitteilen. Ihr Glück, sobald sie davon erfährt, wird das meine noch übertreffen.«

Erschöpft von den Ereignissen des Tages überließ ich ihn seiner Schreiberei und ging zu Bett. Aber ich war entweder zu besorgt oder zu müde zum Einschlafen. In diesem Wachzustand beschäftigten sich meine Gedanken ganz von selbst mit der Entdeckung im Kloster und den Folgen, die dieser Fund aller Wahrscheinlichkeit nach haben würde. Während ich so über zukünftige Dinge nachgrübelte, begann eine Niedergeschlagenheit, deren Ursache ich nicht erkennen konnte, mein Gemüt zu trüben. Für die unbestimmten, melancholischen, trüben Vorahnungen, die mir das Herz schwer machten, gab es eigentlich nicht den leisesten Grund. Die sterbliche Hülle, deren Entdeckung meinem unglücklichen Freund so viel bedeutete, war gefunden; ganz gewiß würde man sie ihm in wenigen Tagen zur Verfügung stellen; mit dem ersten Handelsschiff, das von Neapel absegelte, konnte er sie nach England überführen; und indem seine sonderbare Laune somit befriedigt war, bestand zum mindesten eine gewisse Hoffnung, daß sein Verstand die frühere Spannkraft wiedergewinnen und ihn das neue Leben, das er dann in Wincot führen konnte, zu einem glücklichen Menschen machen würde. Gewiß waren solche Überlegungen ihrer Natur nach ganz und gar nicht dazu geeignet, einen melancholischen Einfluß auf mich auszuüben; und doch lastete die ganze Nacht über die gleiche

unbegreifliche, durch nichts zu erklärende Bedrückung auf meinem Gemüt; schwer in den Stunden der Dunkelheit, schwer aber auch, als ich einen Spaziergang unternahm, um die erste Frische der frühen Morgenluft zu atmen.
Mit dem Tag begann dann unsere neue Aufgabe, vor der alles andere in den Hintergrund treten mußte: die Unterhandlungen mit den Behörden.
Nur wer schon einmal mit italienischen Beamten Umgang gehabt hat, kann sich vorstellen, in welchem Maße ein jeder, mit dem wir in Berührung kamen, unsere Geduld in Anspruch nahm. Man schob uns von einer Amtsstelle zur nächsten, starrte uns an, nahm uns ins Kreuzverhör, verbarg sich hinter allerlei Geheimnistuerei – und das nicht etwa, weil der Fall besondere Schwierigkeiten oder Haken aufgewiesen hätte, sondern allein deshalb, weil es unbedingt erforderlich war, daß jeder staatliche Würdenträger, an den wir uns wandten, vor allem die hohe Bedeutung seiner Person beweisen mußte, indem er uns unserem Ziel so umständlich wie möglich näherbrachte. Nach den Erfahrungen unseres ersten Tages mit dem italienischen Amtswesen überließ ich Alfred die unsinnigen Formalitäten, die wir zu absolvieren hatten, und begann mich mit der wirklich ernsten Frage zu befassen, wie man die Leiche im Klosterschuppen am sichersten von dort fortschaffen konnte.
Der beste Plan, der mir in den Sinn kam, war, an einen Freund in Rom zu schreiben; ich wußte, es war Brauch, die Leichname hoher kirchlicher Würdenträger einzubalsamieren, so daß ich vermutete, die Unterstützung, deren wir in unserer Notlage dringend bedurften, werde von dort zu erlangen sein. In meinem Brief erklärte ich nur, daß der Leichnam um jeden Preis fortgeschafft werden müßte, schilderte dann den Zusatnd, in dem ich ihn gefunden hatte und sicherte zu, daß wir keine Kosten scheuten, wenn sich der

Richtige oder die Richtigen finden würden, uns zu helfen. Zwar ergaben sich hieraus weitere Probleme, und zusätzliche, nutzlose Formalitäten mußten erledigt werden, aber am Ende triumphierten Geduld, Hartnäckigkeit und Geld, und zwei Männer aus Rom kamen allein zu dem Zwecke angereist, die ihnen von uns gestellte Aufgabe zu erfüllen.
Es ist unnötig, den Leser an diesem Punkte meiner Geschichte dadurch zu erschrecken, daß ich auf Einzelheiten eingehe. Wenn ich sage, der Verwesungsprozeß wurde durch chemische Mittel soweit gehemmt, daß es gelang, den Leichnam in den Sarg zu legen und zu gewährleisten, daß er völlig sicher und bequem nach England geschafft werden konnte, so soll es damit genug sein. Nachdem zehn Tage über nutzlosen Verzögerungen und Widrigkeiten dahingegangen waren, wurde mir endlich die Genugtuung zuteil, den Klosterschuppen leer zu sehen; ich überstand eine letzte Zeremonie des Schnupfens oder besser gesagt des Schnupftabak-Spendens mit dem alten Kapuziner und bestellte die Reisekutsche vor die Tür des Gasthofs. Als wir in Neapel eintrafen, war seit unserer Abreise knapp ein Monat vergangen, und wir hatten einen Plan erfolgreich ausgeführt, den alle unsere Freunde als ganz und gar unsinnig bezeichnet hatten.
Nach unserer Rückkehr war unser erstes Anliegen, ein Transportmittel zu beschaffen, das den Sarg nach England befördern sollte – und zwar, was sich von selbst verstand, auf dem Seeweg. Aber alle Erkundigungen nach einem Handelsschiff, das im Begriffe stand, Kurs auf einen beliebigen britischen Hafen zu nehmen, verliefen ganz und gar erfolglos. Es gab nur eine Lösung, um den sofortigen Transport des Leichnams nach England sicherzustellen – wir mußten selbst ein Schiff chartern. Ungeduldig auf Rückkehr drängend und entschlossen, den Sarg nicht aus

den Augen zu lassen, bis er selbst gesehen hatte, wie man ihn in die Gruft von Wincot senkte, entschied sich Monkton sofort dafür, das erste Schiff zu mieten, das sich auftreiben ließ. Es war eine sizilianische Brigg, die von allen im Hafen liegenden Schiffen am schnellsten seeklar zu machen war, und dieses Schiff nahm mein Freund dann unter Vertrag. Die besten Werftarbeiter, die man bekommen konnte, wurden verpflichtet und der geschickteste Kapitän und die beste Mannschaft, die man in der Eile in Neapel finden konnte, ausgesucht, um die Brigg zu führen.
Monkton, der mir nochmals mit den wärmsten Worten seinen Dank für die ihm erwiesene Hilfe aussprach, hatte auf jeden Versuch verzichtet, mich zu bitten, ihn auf seiner Reise nach England zu begleiten. Zu seiner größten Überraschung und Begeisterung bot ich mich jedoch aus freien Stücken an, mit an Bord der Brigg zu gehen. Seit unserer ersten Begegnung in Neapel hatten die seltsamen Zufälle, deren Zeuge ich gewesen war, und meine außerordentliche Entdeckung, Monktons einziges und hauptsächliches Lebensziel zumindest für den Augenblick auch zu dem meinigen erhoben. Zwar teilte ich keine der Wahnvorstellungen des armen Burschen; aber es ist kaum übertrieben, wenn ich sage, daß mein Wunsch, dieses erstaunliche Abenteuer bis zum Ende mitzuerleben, ebenso stark war wie seine Ungeduld, den Sarg sicher in der Gruft von Wincot zu sehen. Ich fürchte, als ich mich anbot, ihn auf seiner Heimreise zu begleiten, spielte die Neugier eine nicht minder große Rolle als die Freundschaft.
An einem ruhigen und lieblichen Nachmittag hißten wir die Segel und stachen in See – Richtung England.
Zum ersten Mal, seit ich ihn kannte, schien Monkton vergnügter Stimmung zu sein. Er plauderte und scherzte über alle möglichen Dinge und lachte mich aus, weil ich mir die

heitere Laune durch Furcht vor Seekrankheit verderben ließ. In Wirklichkeit hatte ich davor keine Angst; es war nur meine Ausrede dem Freund gegenüber, weil mich von neuem jene unerklärliche Niedergeschlagenheit befallen hatte, unter der ich bereits in Fondi gelitten hatte. Alles stand günstig für uns, jedermann an Bord der Brigg war guten Mutes. Der Kapitän war von dem Schiff begeistert; die Mannschaft, Italiener und Malteser, war über die Aussicht auf eine kurze Reise bei hohem Lohn mit einem aufs Beste ausgerüsteten Schiff hocherfreut. Mir allein war das Herz schwer. Ich wußte selbst keinen vernünftigen Grund für die Melancholie, die mich bedrückte, und doch gelang es mir nicht, sie abzuschütteln.
Spät an unserem ersten Abend auf See machte ich eine Entdeckung, die in keiner Weise geeignet war, meinem Gemüte die gewöhnliche Ausgeglichenheit zurückzugeben. Monkton befand sich in der Kabine, auf deren Boden man die Packkiste mit dem Sarg gestellt hatte; ich hielt mich oben an Deck auf. Der Wind hatte sich fast gänzlich gelegt, und ich betrachtete müßig die Segel der Brigg, wie sie von Zeit zu Zeit gegen die Masten schlugen. Da trat der Kapitän zu mir, zog mich außer Hörweite des Rudergängers und flüsterte mir ins Ohr:
»Bei den Männern dort vorne stimmt etwas nicht. Haben Sie nicht bemerkt, wie sie alle ganz kurz vor Sonnenuntergang plötzlich verstummten?«
Ich hatte es bemerkt und bestätigte es ihm.
»Wir haben einen maltesischen Jungen an Bord«, sprach der Kapitän weiter, »der ein recht gewitzter Bursche ist, aber schwierig im Umgang. Ich habe herausgefunden, daß er den Männern erzählt hat, in der Packkiste, die Ihr Freund bei sich in der Kabine hat, befände sich eine Leiche.«
Bei diesen Worten wurde mir das Herz schwer. Ich kannte

die abergläubische Unvernunft der Matrosen – und ganz besonders der ausländischen Seeleute – und hatte darum sorgsam darauf geachtet, an Bord der Brigg, bevor der Sarg verladen wurde, das Gerücht in Umlauf zu setzen, die Packkiste enthalte eine wertvolle Marmorstatue, auf die Mr. Monkton ganz besonderen Wert lege und die er darum nicht aus den Augen lassen wolle. Wie konnte dieser Malteserjunge herausgefunden haben, daß die angebliche Statue ein menschlicher Leichnam war? Beim Nachdenken über diese Frage richtete sich mein Verdacht auf Monktons Bedienten, der das Italienische fließend sprach und von dem ich wußte, daß er von unverbesserlicher Schwatzhaftigkeit war. Als ich dem Mann später auf den Kopf zusagte, er hätte uns verraten, bestritt er es; aber ich habe bis zum heutigen Tage seinem Leugnen niemals Glauben geschenkt.

»Der kleine Satansbraten will nicht sagen, woher er diese Idee mit der Leiche hat«, fuhr der Kapitän fort. »Es steht mir nicht zu, in fremde Geheimnisse einzudringen; aber ich rate Ihnen, die Mannschaft achtern zusammenzurufen und dem Jungen zu widersprechen, ganz gleich, ob er die Wahrheit sagt oder nicht. Die Männer sind eine Bande von Narren, die an Geister und ähnlichen Unfug glauben. Einige von ihnen sagen, sie hätten nie den Heuervertrag unterzeichnet, wenn sie gewußt hätten, daß sie mit einem Toten segeln würden; andere begnügen sich bislang mit Murren; aber ich befürchte, falls es schlechtes Wetter geben sollte, werden wir mit allen Ärger bekommen, sofern nicht Sie oder der andere Herr den Jungen zurechtweisen. Die Männer sagen, wenn Sie oder Ihr Freund ihnen Ihr Ehrenwort darauf geben, daß der Malteser ein Lügner ist, werden sie ihn, damit er mit dem Tauende gebührend gestraft wird, zu uns nach oben schaffen; wollen Sie Ihr Wort aber nicht geben, so sind sie entschlossen, dem Jungen zu glauben.«

Damit schwieg der Kapitän und wartete auf meine Antwort, die ich ihm nicht geben konnte. Ich sah keinen Ausweg aus unserer verzweifelten Situation. Den Jungen bestrafen zu lassen, indem ich mein Ehrenwort gab, um eine direkte Unwahrheit zu erhärten, daran war keine Sekunde zu denken. Aber welcher andere Weg blieb uns, dieser unseligen Zwangslage zu entrinnen? Mir fiel keiner ein. Ich dankte dem Kapitän für die Aufmerksamkeit, die er unseren Interessen gewidmet hatte, sagte ihm, ich brauchte einige Zeit, um nachzudenken, was jetzt zu tun wäre und bat ihn inständig, meinem Freund nichts von dem, was er herausgefunden hatte, zu erzählen. Mißmutig genug versprach er zu schweigen und entfernte sich.

Wir hatten erwartet, daß am Morgen eine Brise aufkommen würde, aber das war nicht der Fall. Als es gegen Mittag ging, wurde die Atmosphäre unerträglich stickig, und die See sah so glatt aus wie Glas. Ich merkte, wie der Blick des Kapitäns sich häufig und sorgenvoll nach Luv richtete. In dieser Richtung, noch ganz in der Ferne und allein am blauen Himmel, beobachtete ich ein kleines, schwarzes Wölkchen und fragte ihn, ob es uns wohl Wind bringen würde.

»Mehr als genug«, bemerkte der Kapitän kurz und schickte dann die Mannschaft zu meiner Verwunderung in die Takelung, um die Segel zu reffen. Die Ausführung dieses Manövers zeigte die Stimmung der Leute nur allzu deutlich; sie taten ihre Arbeit unwillig und langsam und murrten und murmelten untereinander. Das Verhalten des Kapitäns, der sie mit Flüchen und Drohungen antrieb, überzeugte mich, daß wir in Gefahr waren. Wieder sah ich in die Windrichtung. Aus dem kleinen Wölkchen war eine riesige Wolkenbank von schwärzlichem Dunst geworden, und das Meer am Horizont hatte die Farbe gewechselt.

»Die Sturmbö wird über uns kommen, ehe wir noch wissen,

wo wir sind«, sagte der Kapitän. »Gehen Sie nach unten; hier sind Sie nur im Weg.«

Ich stieg in die Kabine hinunter und bereitete Monkton auf das vor, was uns erwartete. Er war noch dabei, mich über meine Beobachtungen an Deck zu befragen, als der Sturm über uns losbrach. Wir spürten, wie die kleine Brigg sich sekundenlang aufbäumte, als wollte sie in zwei Teile zerbrechen; dann schien sie sich im Kreise zu drehen; darauf einen Augenblick ganz still zu liegen, wobei das gesamte Holzwerk erbebte. Endlich kam ein Stoß, der uns von den Sitzen schleuderte, ihm folgten ohrenbetäubendes Krachen und eine Flut von Wasser, das in die Kabine strömte. Halb ertrunken kletterten wir an Deck. Die Brigg hatte, wie die Seeleute es nennen, ›quergeschlagen‹ und hing auf der Seite.

Bevor ich in dem fürchterlichen Durcheinander nur irgend etwas klar ausmachen konnte, ausgenommen die ungeheuerliche Gewißheit, daß wir der Gnade oder Ungnade des Meeres wehrlos ausgeliefert waren, hörte ich im vorderen Teil des Schiffes eine Stimme, die das Schreien und Rufen der übrigen Mannschaft im Nu zum Schweigen brachte. Die Worte waren italienisch, aber ich verstand ihre unheilvolle Bedeutung nur allzugut. Wir hatten ein Leck, und das Meer flutete in den Schiffsraum wie der Strom eines Mühlbachs. Der Kapitän verlor jedoch bei dieser Hiobsbotschaft seine Geistesgegenwart nicht. Er rief nach seiner Axt, um den Fockmast zu kappen und befahl einem Teil der Mannschaft, ihm zur Hand zu gehen, während die anderen die Pumpen in Gang setzen sollten.

Er hatte kaum zuende gesprochen, als die Männer in offene Meuterei ausbrachen. Mit einem wilden Blick auf mich verkündete ihr Rädelsführer, daß die Passagiere tun könnten, was sie wollten, er jedoch und seine Kameraden wären ent-

schlossen, das Boot zu nehmen und das verfluchte Schiff zu verlassen, das *mit dem toten Mann an Bord* auf den Meeresboden sinken könnte. Während er sprach, kam von den Matrosen ein Ausruf und ich bemerkte, daß einige höhnisch hinter meinen Rücken deuteten. Ich fuhr herum und sah, daß Monkton, der bisher in meiner Nähe gestanden hatte, in die Kabine zurückstrebte. Ich lief ihm sogleich nach, aber das Wasser und das Chaos an Deck sowie die durch die Lage der Brigg entstandene Unmöglichkeit, die Füße ohne die langsame Unterstützung der Hände vorwärtszubringen, hinderten mein Fortkommen derart, daß ich es nicht schaffte, ihn einzuholen. Als ich endlich unten war, kauerte er oben auf dem Sarg, umwirbelt und umstrudelt vom Wasser am Boden der Kabine, während das Schiff schlingerte und stampfte. Als ich näherkam, erkannte ich in seinen Augen einen abweisenden Glanz und eine warnende Röte auf seinen Wangen. Ich sagte:
»Wir haben keine andere Wahl, Alfred, als uns in unser Unglück zu ergeben und zu versuchen, wenigstens unser Leben zu retten.«
»Retten Sie das Ihre!« rief er und machte eine abwehrende Handbewegung. »*Sie* haben eine Zukunft vor sich. Die meine ist dahin, wenn dieser Sarg auf dem Meeresgrund liegt. Wenn die Brigg sinkt, werde ich wissen, daß sich das verhängnisvolle Schicksal erfüllt hat, und mit dem Schiff werde auch ich untergehen.«
Ich erkannte, daß er sich in einem Zustand befand, der jede vernünftige Erörterung oder Überredung ausschloß, und ich begab mich wieder an Deck. Die Männer waren dabei, alle Hindernisse aus dem Weg zu räumen, um das Langboot, das mittschiffs lag, über die eingedrückte Reling, da, wo die Brigg auf der Seite lag, zu Wasser zu lassen. Der Kapitän, der ein letztes Mal vergeblich versucht hatte,

seine Befehlsgewalt wiederherzustellen, sah ihnen schweigend zu. Die Heftigkeit des Sturms schien bereits abzuflauen, und ich fragte, ob es für uns wirklich keine Hoffnung gäbe, wenn wir auf dem Schiff blieben. Der Kapitän antwortete, wären die Männer seinen Befehlen gefolgt, hätten die besten Aussichten bestanden, jetzt sei nichts mehr zu hoffen. Da ich wußte, daß ich mich auf die Beherztheit von Monktons Diener nicht verlassen konnte, vertraute ich dem Kapitän mit wenigen und schlichten Worten den Zustand meines unglücklichen Freundes an und fragte ihn, ob ich auf seine Hilfe rechnen könnte. Er nickte mit dem Kopf, und gemeinsam stiegen wir in die Kabine hinunter. Selbst heute bereitet es mir Schmerzen, von der schrecklichen Notwendigkeit zu schreiben, zu der uns Stärke und Hartnäckigkeit von Monktons Wahn am Ende zwangen; aber es war das letzte Mittel. Wir mußten ihm die Hände fesseln und ihn mit Gewalt an Deck schleifen. Die Männer waren im Begriff, das Boot zu Wasser zu lassen und weigerten sich zunächst, uns aufzunehmen.

»Ihr Feiglinge!« schrie der Kapitän, »haben wir denn den Toten hier bei uns? Wird er nicht mit der Brigg untergehen? Wovor fürchtet ihr euch, wenn wir ins Boot steigen?«

Diese Form der Aufforderung brachte die gewünschte Wirkung. Die Männer waren beschämt und ließen von ihrem Widerstand ab.

Im Augenblick, als wir von dem sinkenden Schiff abstießen, unternahm Alfred eine letzte Anstrengung, sich von mir loszureißen, aber ich hielt ihn fest, und er wiederholte den Versuch nicht. Mit gesenktem Kopf saß er neben mir, wortlos und schweigend, während die Matrosen von dem Schiff fortruderten; wortlos und schweigend, als sie, wie auf ein Signal, in einiger Entfernung anhielten und wir alle warteten und zusahen, wie die Brigg sank; wortlos und

schweigend selbst im Augenblick des Untergangs, als der stampfende Schiffsrumpf langsam in ein Wogental eintauchte – sekundenlang zu zögern schien – sich noch einmal ein wenig emporhob – und dann versank, um nie wieder aufzutauchen.
Sie sank, die Brigg, mit ihrer toten Fracht an Bord, sank und entriß uns für immer den Leichnam, den wir wie durch ein Wunder entdeckt hatten – diese eifersüchtig gehütete sterbliche Hülle, an deren Unversehrtheit Hoffnungen und Liebesschicksal zweier Menschen so seltsam gekettet waren! Als die letzten Spuren des Schiffes in den Tiefen des Wassers verschwanden, fühlte ich, wie Monkton, der dicht neben mir saß, am ganzen Leibe zitterte und hörte, wie er immer und immer wieder den Namen *Ada* vor sich hinflüsterte.
Ich versuchte, seine Gedanken auf andere Dinge zu lenken, aber es war sinnlos. Er deutete über das Meer, dorthin, wo noch eben die Brigg gewesen und jetzt nichts mehr zu sehen war als die rollenden Wogen.
»Nun wird der leere Platz in der Gruft von Wincot auf ewig leer bleiben.«
Bei diesen Worten heftete er seinen Blick traurig und ernst auf mein Gesicht, wendete sich dann ab, stützte die Wange in die Hand und sprach nicht mehr.
Noch ehe es Abend wurde, sichtete uns ein Handelsschiff, nahm uns an Bord und setzte uns in der spanischen Stadt Cartagena an Land. Während der ganzen Zeit, die wir auf diesem Schiff zubrachten, hob Alfred den Kopf nicht mehr und redete mich kein einziges Mal von sich aus an. Statt dessen beobachtete ich voller Sorge, daß er oft und unzusammenhängend mit sich selbst sprach – immer wieder die Zeilen der alten Weissagung wiederholte – immer wieder von dem unseligen Platz redete, der in der Gruft von Win-

cot leerstand – immer wieder mit gebrochener Stimme, die zu hören mir unsagbar ans Herz griff, den Namen des armen Mädchens stammelte, das auf seine Heimkehr nach England wartete. Aber die Unruhe, die ich seinetwegen empfand, hatte noch einen anderen Grund. Gegen Ende der Fahrt begann er unter Fieberanfällen und Schüttelfrost zu leiden. In meiner Unwissenheit hielt ich beides für Attacken von Wechselfieber, wurde jedoch bald eines anderen belehrt. Wir waren kaum einen Tag an Land, als sein Befinden sich dermaßen verschlechterte, daß ich die beste ärztliche Hilfe in Anspruch nahm, die Cartagena bieten konnte. Ein paar Tage waren die Ärzte, wie nicht anders zu erwarten, über die Natur seines Leidens geteilter Meinung, aber bald darauf zeigten sich alarmierende Symptome. Die Ärzte erklärten, es bestehe Lebensgefahr und teilten mir mit, daß er an Gehirnfieber erkrankt wäre.

Erschreckt und betroffen, wie ich war, wußte ich zuerst kaum, wie ich mit der neuen Verantwortung, die mir damit auferlegt wurde, fertigwerden sollte. Endlich faßte ich den Entschluß, an den alten Priester, der Alfreds Erzieher gewesen war, zu schreiben, von dem ich wußte, daß er immer noch in Wincot Abbey lebte. Diesem Herrn entdeckte ich alles, was vorgefallen war, bat ihn, die traurige Botschaft so schonend wie möglich an Miss Elmslie weiterzuleiten und versicherte ihn meiner Entschlossenheit, bis zum letzten bei Monkton auszuharren.

Nachdem ich diesen Brief abgesandt und darüberhinaus einen Boten nach Gibraltar geschickt hatte, um von dort die besten englischen Ärzte zu holen, die zu finden waren, fühlte ich, daß ich mein Bestes getan hätte und mir nun nichts weiter übrigblieb, als zu warten und zu hoffen.

Gar manche trübe und sorgenvolle Stunde verbrachte ich am Bette meines armen Freundes. Manches Mal quälten mich Zweifel, ob ich recht gehandelt hatte, ihn in seinen Wahnvorstellungen noch zu unterstützen. Aber die Gründe, die mich nach dem ersten Gespräch mit ihm überzeugt hatten, leuchteten mir auch jetzt – soviel ich darüber nachdachte – noch ein. Der einzige Weg, seine Heimkehr nach England und zu Miss Elmslie, die diese Rückkunft schmerzlich herbeisehnte, zu beschleunigen, war der von mir eingeschlagene. Es war nicht meine Schuld, daß ein unseliges Geschick, das niemand vorhersehen konnte, seine und meine Pläne alle zunichte gemacht hatte. Nun aber, da das Unglück geschehen und nicht wieder gutzumachen war – wie konnte man, falls sein Körper genas, gegen die Krankheit seiner Seele ankämpfen?

Wenn ich über jenes vererbte Leiden, das seinen Geist belastete, nachgrübelte, jene frühe kindliche Furcht vor Stephen Monkton, von der er sich nie wieder erholt hatte, wenn ich an das gefährliche Einsiedlerleben dachte, das er in der Abtei geführt hatte und an seinen festen Glauben an die Wirklichkeit jener Erscheinung, von der er sich unverwandt verfolgt fühlte, so muß ich gestehen, daß ich daran verzweifelte, sein abergläubisches Vertrauen in jedes Wort und jede Zeile der alten Weissagung jemals zu erschüttern. Wenn die Serie verblüffender Zufälle, die ihre Wahrheit zu erhärten schien, bereits auf *mich* solch einen starken und bleibenden Eindruck gemacht hatte – und dies war eindeutig der Fall –, konnte ich mich dann noch darüber wundern, daß sie in einem Kopf wie dem seinen einen so festen Glauben hervorgerufen hatte? Wenn ich mit ihm darüber disputierte, was konnte ich ihm entgegenhalten? Wenn er mir sagte: »Die Prophezeiung weist auf den Letzten der Familie hin: *Ich* bin dieser Letzte. Die Prophezeiung erwähnt einen leeren Platz in der Gruft von Wincot: *Jetzt* gibt es dort einen solchen. Im Glauben an die Prophezeiung habe ich Ihnen gesagt, daß Stephen Monktons Körper unbegraben liegt, und unbegraben haben Sie ihn gefunden« – wenn er all das sagte, was für einen Sinn hätte es, ihm zu antworten: »Aber wenn man das Ganze recht bedenkt, sind es doch nur sonderbare Zufälle«?

Je mehr ich über die Aufgabe nachdachte, die vor mir lag, sofern er genas, desto hoffnungsloser fühlte ich mich.

Je öfter der englische Arzt, der ihn versorgte, zu mir sagte, »von dem Fieber wird er sich erholen, aber er hat eine fixe Idee, die ihn Tag und Nacht nicht verläßt, die ihm den Verstand geraubt hat und ihn am Ende, wenn Sie oder andere Freunde ihn nicht davon befreien können, noch ums Leben bringen wird«, – je öfter ich das alles hörte, desto härter empfand ich, wie machtlos ich war, desto mehr scheute ich mich vor jedem Gedanken an die aussichtslose Zukunft.

Aus Wincot hatte ich eigentlich nur einen Brief als Antwort erwartet. Infolgedessen bedeutete es eine große Überraschung und zugleich eine ungemeine Erleichterung für mich, als man mir eines Tages meldete, zwei Herren wünschten mich zu sprechen, und der eine sich als der alte Priester, der zweite als ein Verwandter von Miss Elmslie herausstellte.

Unmittelbar vor ihrer Ankunft waren die Symptome des Fiebers gewichen und Alfred für außer Lebensgefahr erklärt worden. Sowohl der Priester als auch sein Begleiter waren begierig zu erfahren, wann der Leidende kräftig genug für die Reise sein würde. Nur um ihn nach Hause zu holen, waren sie bis Cartagena gekommen und setzten weit größere Zuversicht als ich in die heilsame Wirkung der heimatlichen Luft. Nachdem alle Fragen, die Reise nach England betreffend, gestellt und beantwortet waren, gestattete ich mir, mich nach Miss Elmslie zu erkundigen. Ihr Verwandter bedeutete mir, daß sie an Geist und Körper litte, so groß sei ihre Sorge um Alfred. Sie hatten nicht umhin gekonnt, sie über die gefährliche Natur seiner Erkrankung zu täuschen, um sie daran zu hindern, sich dem alten Priester und ihrem Verwandten auf ihrer Mission nach Spanien anzuschließen.

Die Wochen vergingen; langsam und nur unvollständig gewann Alfred einen Teil seiner früheren Körperkraft zurück; aber in der Krankheit, die seinen Geist belastete, zeigte sich keine Veränderung.

Vom ersten Tage seiner Genesung an hatte sich erwiesen, daß das Gehirnfieber sich auf das Merkwürdigste auf sein Erinnerungsvermögen ausgewirkt hatte. Alle Ereignisse der jüngsten Zeit waren seinem Gedächtnis entschwunden. Was mit Neapel, mit mir, mit seiner Reise nach Italien zusammenhing, war seiner Erinnerung auf geheimnisvolle Weise ganz und gar entglitten. Alle nur kurz zurückliegenden Dinge waren seinem Gedächtnis so vollständig entfallen, daß er zwar in den ersten Tagen seiner Wiederherstellung mit Leichtigkeit den alten Priester und seinen Bedienten wiedererkannte, sich jedoch niemals erinnerte, wer *ich* war, sondern mich stets mit einer so wehmütigen und zweifelnden Miene betrachtete, daß es mir unsagbar ins Herz schnitt, wenn ich nur an sein Bett trat. Alle seine Fragen betrafen Miss Elmslie und die Abtei von Wincot, und alles, was er sagte, bezog sich auf eine Zeit, in der sein Vater noch unter den Lebenden weilte.

Die Ärzte prophezeiten von diesem Verlust der Erinnerung an die Vorfälle aus jüngstvergangener Zeit mehr Gutes als Schlechtes; sie erklärten, die Lücke würde sich lediglich als vorübergehend erweisen und diene hauptsächlich dem Zweck der Heilung, nämlich der Beruhigung seines Verstandes. Ich gab mir Mühe, ihnen zu glauben und versuchte, als der Tag seiner Abreise gekommen war, so zuversichtlich

zu empfinden wie die alten Freunde, die ihn nach Hause brachten. Aber die Anstrengung überstieg meine Kräfte. Eine Ahnung, daß ich ihn niemals wiedersehen würde, machte mir das Herz schwer, und Tränen traten mir in die Augen, als ich die abgehärmte Gestalt meines armen Freundes sah, wie man ihm halb in die Reisekutsche hineinhalf, halb ihn trug, und wie er dann sanft auf der Straße nach der Heimat von mir fortrollte.
Er hatte mich nicht mehr erkannt, und die Ärzte hatten mich dringend gebeten, ihm auch noch einige Zeit so wenig Gelegenheit wie möglich dazu zu geben. Wäre diese Bitte nicht gewesen, hätte ich ihn nach England begleitet. Wie die Dinge jedoch standen, konnte ich nichts anderes tun, als einen Ortswechsel vorzunehmen und so gut es ging die körperliche und geistige Energie zurückzugewinnen, die ich in der letzten Zeit durch allzuvieles Wachen und Sorgen verloren hatte. Die berühmten Städte Spaniens waren mir nicht neu, aber ich besuchte sie ein weiteres Mal und ließ alte Eindrücke vor der Alhambra und Madrid wieder aufleben. Ein paarmal dachte ich an eine Pilgerfahrt nach dem Orient, aber die Erlebnisse der letzten Wochen hatten mich ernüchtert und gewandelt. Jenes sehnsüchtige, unzufriedene Gefühl, das wir *Heimweh* nennen, begann an meinem Herzen zu nagen und ich beschloß, nach England zurückzukehren.
Ich reiste über Paris nach Hause. Mit dem alten Priester hatte ich vereinbart, daß er mir, sobald es ihm möglich war, unter der Adresse meines Bankiers dorthin schreiben sollte, nachdem Alfred in Wincot angekommen war. Wäre ich nach dem Orient gegangen, hätte man mir den Brief nachgeschickt. Ich schrieb, um das zu verhindern und ließ, kaum daß ich Paris erreichte, noch ehe ich mein Hotel aufsuchte, bei dem Bankier anhalten.

Im Augenblick, als man mir den Brief in die Hand legte, enthüllte der schwarze Rand des Kuverts mir das Schlimmste. Alfred war tot.

Es gab nur einen Trost – er war friedlich, fast glücklich gestorben, ohne ein einziges Mal die verhängnisvollen Zufälle zu erwähnen, die dazu beigetragen hatten, daß sich jene uralte Weissagung erfüllte.

»Mein geliebter Zögling«, schrieb der alte Priester, »schien sich in den ersten Tagen nach seiner Heimkehr ein wenig zu erholen; aber er kam so recht nicht wieder zu Kräften und erlitt bald einen weiteren leichten Fieberanfall. Danach verschlechterte sich sein Befinden langsam, fast unmerklich Tag für Tag, bis er uns schließlich verließ, um die letzte, furchtbare Reise anzutreten. Miss Elmslie (die weiß, daß ich Ihnen diese Zeilen schreibe) wünscht, daß ich Ihnen ihre tiefe und immerwährende Dankbarkeit für all die Güte ausdrücke, die Sie Alfred erwiesen haben. Als wir ihn nach Hause brachten, erklärte sie mir, daß sie als seine ihm versprochene Braut auf ihn gewartet hätte und ihn nun pflegen würde, wie es einer Gattin anstünde; und sie hat ihn nie verlassen. Sein Gesicht war ihr zugewandt, ihre Hand umschloß die seine, als er starb. Es wird Sie trösten, daß er vom Tage seiner Rückkehr bis zu seinem Todestag die Ereignisse in Neapel oder den Schiffbruch, der danach kam, niemals erwähnt hat.«

Drei Tage, nachdem ich diesen Brief gelesen hatte, war ich in Wincot und hörte von dem Priester alle Einzelheiten über Alfreds letzte Augenblicke. Ich empfand einen Schauder, den näher zu deuten oder zu erklären mich hart ankommen würde, als ich erfuhr, daß er auf seinen eigenen Wunsch in der verhängnisvollen Gruft unter der Abtei beigesetzt worden war.

Der Priester nahm mich mit hinunter und zeigte mir den

Ort – ein grimmiges, kaltes, unterirdisches Bauwerk mit niedriger Decke, von schweren Bögen aus angelsächsischer Zeit gestützt. Schmale Nischen, die nur das Ende der Särge erkennen ließen, liefen an beiden Seiten des Gewölbes entlang. Als mein Begleiter, die Lampe in der Hand, an ihnen vorüberschritt, blitzten hier und da Nägel und silberne Schmuckbeschläge auf. Am hinteren Ende des Raumes blieb er stehen, wies auf eine Nische und sagte: »Er liegt hier, zwischen seinem Vater und seiner Mutter.«

Ich schaute mich noch ein wenig um und bemerkte etwas, das zunächst wie ein langer, dunkler Tunnel aussah. »Das ist nur eine leere Nische«, erläuterte der Priester, der mir gefolgt war. »Wenn der Leichnam Mr. Stephen Monktons nach Wincot überführt worden wäre, hätte man seinen Sarg dort hineingestellt.«

Mich überkamen ein Frösteln und eine Anwandlung von Grauen, deren ich mich heute schäme, gegen die ich mich damals aber nicht wehren konnte. Am anderen Ende der Gruft strömte das gesegnete Tageslicht heiter durch die offene Tür. Ich kehrte der leeren Nische den Rücken zu und eilte in den Sonnenschein und die frische Luft hinaus.

Als ich über die grasbewachsene Lichtung ging, die zu der Gruft hinabführte, vernahm ich hinter mir das Rauschen eines Frauengewandes. Ich drehte mich um und sah eine junge Dame, in tiefe Trauer gekleidet, auf mich zukommen. Ihr liebliches, kummervolles Gesicht und die Art, wie sie mir ihre Hand entgegenstreckte, ließen mich sogleich erkennen, wer sie war.

»Ich hörte, daß Sie hier sind«, sagte sie, »und ich wollte –« einen Augenblick versagte ihr die Stimme. Das Herz tat mir weh, als ich merkte, wie ihre Lippe zitterte; aber bevor ich etwas sagen konnte, faßte sie sich und fuhr fort: »Ich wollte Ihre Hand ergreifen und Ihnen für Ihre brüderliche Güte

Alfred gegenüber danken; und Ihnen sagen, daß ich ganz sicher bin, daß Sie mit allem, was Sie getan haben, liebevoll und fürsorglich gehandelt und nur das Beste gewollt haben. Vielleicht verlassen Sie schon bald wieder die Heimat, und wir werden einander nicht wiedersehen. Ich werde niemals, niemals vergessen, daß Sie freundlich zu ihm waren, als er einen Freund brauchte, und daß es niemanden auf der Welt gibt, der ein größeres Recht darauf hat, daß ich mich zeit meines Lebens mit Dankbarkeit seiner erinnere, als Sie.«

Die unbeschreibliche Sanftheit ihrer Stimme, die bei jedem Wort ein wenig bebte, die bleiche Schönheit ihres Gesichtes, die ungekünstelte Aufrichtigkeit ihrer traurigen, stillen Augen machten einen solchen Eindruck auf mich, daß ich kein Wort herausbrachte und ihr nur mit einer Handbewegung antworten konnte. Bevor ich meiner Stimme wieder mächtig war, hatte sie mir nochmals die Hand gereicht und war gegangen.

Ich sah sie nie wieder. Das Schicksal und die Wechselfälle des Lebens trennten uns. Als ich das letzte Mal, vor vielen Jahren, von ihr hörte, war sie der Erinnerung an den Toten noch immer treu; und sie blieb Ada Elmslie um Alfred Monktons willen.

Bitte umblättern:

auf den nächsten Seiten informieren wir Sie über weitere interessante Fischer Taschenbücher.

Wilkie Collins

»Es gibt keinen zeitgenössischen Romancier, der nicht etwas von Collins lernen könnte: die Kunst, den Leser zu interessieren.«
[T.S. Eliot]

Der rote Schal
Roman. Band 1993

Ein verhängnisvoller Name und eine schöne Unbekannte mit dem roten Schal bringen schicksalhafte Verstrickungen und tödliche Gefahr in die spannende Handlung dieses klassischen Kriminalromans, der bereits 1866, bei seinem Erscheinen, die Leser im viktorianischen England in Atem hielt. »Der rote Schal« ist das zweite Hauptwerk von Wilkie Collins, von dem T.S. Eliot später sagte, er habe »die ersten und besten modernen englischen Detektivromane« geschrieben.

Lucilla
Roman. Band 8135

»Einer der besten und einer der erfreulichsten und psychologisch interessantesten Romane von Collins. Hier werden wir endlich einmal mit Kriminal- und Gespenstergeschichten verschont und erhalten dafür eine höchst fesselnde Erzählung voll psychologischen wie pathologischen Interesses. An Stelle des sonst unvermeidlichen genialen Detektivs oder Advokaten, welcher das übliche geheimnisvolle Verbrechen ans Tageslicht bringt, ist hier ein deutscher Augenarzt getreten, welcher die Katastrophe herbeiführt, indem er der blinden Heldin die Sehkraft wiedergibt.«
(Interpretation von 1885)

Fischer Taschenbuch Verlag

Emile Gaboriau

Emile Gaboriau (1835–1873) stammte aus ärmlichen Verhältnissen und verdiente seinen Lebensunterhalt als Journalist und Gerichtsreporter, wobei er nicht nur die Ohnmacht des Angeklagten kennenlernte, sondern auch ein Prinzip, dem er in allen seinen Reportagen und späteren »Erfindungen« treu blieb: »Man muß dem Anschein mißtrauen.« Emile Gaboriau gehört zu den Vätern des modernen Detektivromans. Er ist in die Schule Balzacs und Poes gegangen, Conan Doyle und Agatha Christie haben von ihm gelernt.

Die Affäre Lerouge

Roman. Band 8004

In Bougival, einem kleinen, unweit von Paris gelegenen Ort, wird die Witwe Lerouge erschlagen neben dem Kamin ihres Schlafzimmers aufgefunden. Ihr Häuschen ist verwüstet, die Zimmer sind durchwühlt. Der Kommissar glaubt an einen Raubmord. Aber wer ist der Täter; wer überhaupt die Witwe Lerouge?

Der Strick um den Hals

Roman. Band 8121

Es kann dafür gebürgt werden, daß dieser »Edel-Thriller für jeden Liebhaber des Obskuren ein Nervengift leckerster Sorte ist« – und »ein gesunder Zeitvertreib für Melancholiker.«

Süddeutsche Zeitung

Fischer Taschenbuch Verlag

fi 494/1

fi 253/1

Roger Borniche

Roger Borniche, geboren 1919, trat 1944 in den Polizeidienst ein. In seinen zwanzig Dienstjahren hat der erfolgreichste Kriminalinspektor Frankreichs den Rekord von 567 Festnahmen gesuchter Gangster zu verbuchen. In seinen spannenden Romanen fesselt der schreibgewandte Autor mit Fällen aus der eigenen Praxis.

»Realität von der ersten bis zur letzten Seite. Das Aufregendste, was ich seit langem gelesen habe.«
Jürgen Roland

Duell in sechs Runden
Kriminalroman. Band 1883

Schach und Matt
Kriminalroman. Band 1985

Pierrot le Fou ist nicht zu fassen
Kriminalroman. Band 2601

Tatort Côte d'Azur
Kriminalroman. Band 2619

Der Spitzel
Kriminalroman. Band 8061

Martine Carton

Medusa und Die Grünen Witwen
Band 8023

Nofretete und Die Reisenden einer Kreuzfahrt
Band 8038

Victoria und Die Ölscheiche
Band 8067

Apollo und Die Gaukler
Band 8068

Martina oder Jan-Kees verliert seinen Kopf
Band 8113

Hera und Die Monetenkratzer
Band 8141

Kriminalromane

Eine Auswahl

Simon Brett

Dunkelmänner haben keine Schatten
Band 8183

Mord stand nicht im Textbuch
Band 8169

Spekulanten spaßen nicht
Ein Fall für Charles Paris
Band 8158

Alain Demouzon

Monsieur Abel und der Fall Raguenaud
Band 8188

Mouche
Band 8170

Maureen Duffy
Die Lady ist fürs Feuer
Band 2616

Stanley Ellin
Das Kartenhaus
Band 8114

James Grady

Der Schatten des Condor
Band 2608

Die 6 Tage des Condor
Band 8116

Winston Graham

Debbie
Band 2612

Die Frau im Spiegel
Band 2602

Søren Jakobsen
Die Mamortaube
Band 8152

Roderich Klett
Der Tod kam live
Band 8174

Henry Kolarz
Kalahari
Band 2604

Seicho Matsumoto
Mord am Amagi-Paß
Band 8186

Ulf Miehe
Lilli Berlin
Band 8065

Mirjam Pressler
Mit 64 stirbt man nicht
Band 8134

Claire Rayner

Das Haus im Fenn
Band 8117

Mord im OP
Band 8118

Lawrence Taylor
Letzte Reise einer Lady
Band 8087

Fischer Taschenbuch Verlag

fi 503/1